# ラウリ・クースクを探して

宮内悠介

朝日新聞出版

# ラウリ・クースクを探して

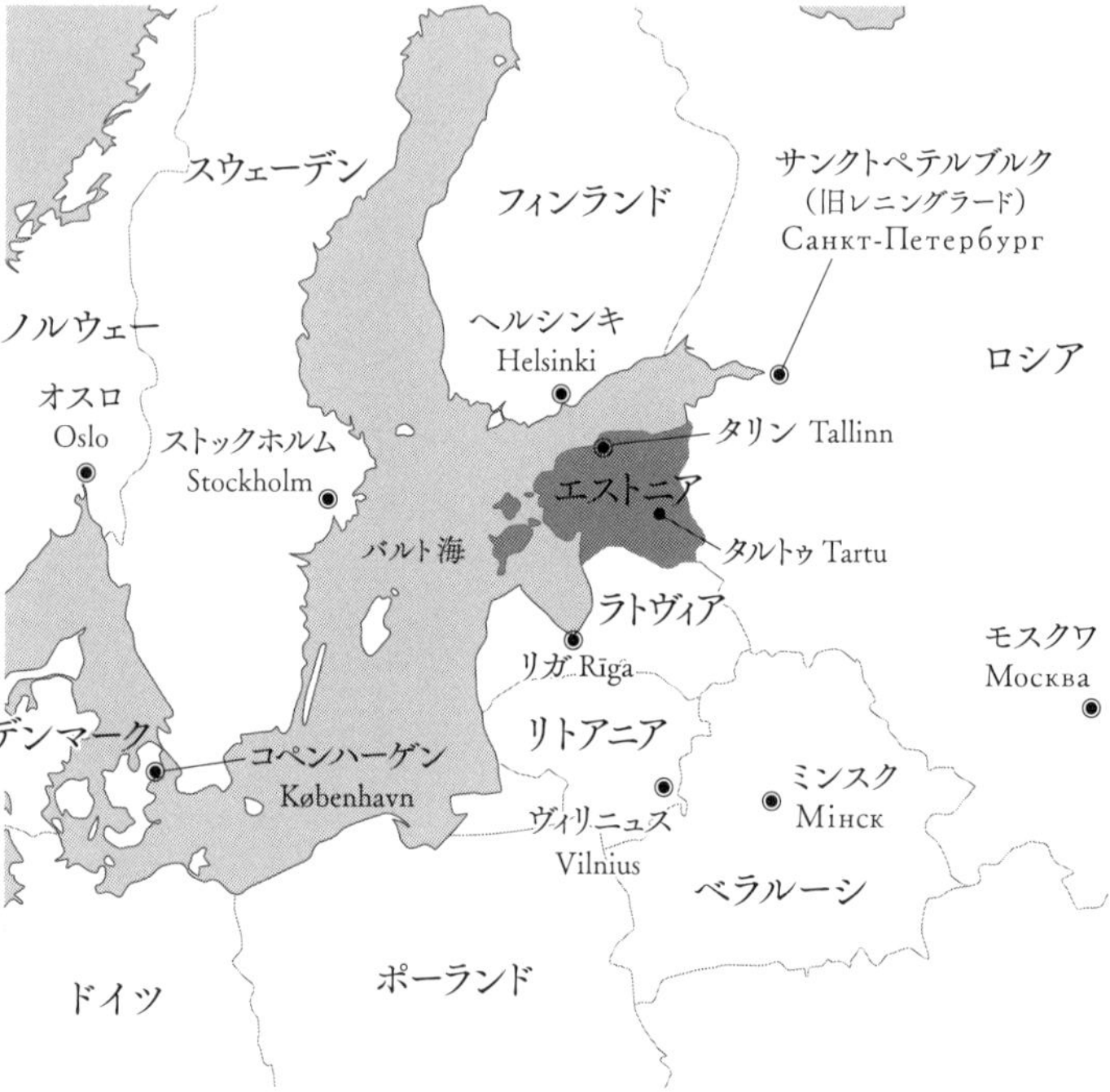


エストニアは、バルト三国のなかでもっとも北に位置し、ソビエト連邦の崩壊にともない一九九一年に独立を回復した。ＩＴ先進国として知られる。

## 登場人物

ラウリ・クース ク……………一九七七年ソ連時代のエストニアに生まれる。

アーロン・ユクスキュラ……………ラウリの同級生。

ホルゲル・ハンケンシュミット……………ラウリの担任教師。

ライライ・キュイク……………タルトゥ大学教授。数学や情報科学が専門。

イヴァン・イヴァーノフ・クルグロフ……………レニングラード(現サンクトペテルブルク)出身。中等学校からのラウリの同級生。

カーテャ・ケレス……………イヴァンと同じく中等学校からの同級生。

# 序

ラウリ・クースクの伝記を書くにあたり、わたしが抱いているためらいは、おおよそ二つに絞られる。一つは、ラウリが無名の人物であるため、彼の実像を示す資料や証言が限られていること。もう一つは、革命という大きな歴史のうねりのなかで、ラウリという人物が乖離《かいり》、浮遊して見えることだ。

おそらく、このように問われることは避けられないだろう。

「とどのつまり、彼は何をなしたのか？　歴史のどの位置に彼はいて、どういう役回りをはたしたのか？　ラウリという人物は、我々人間存在の何を照射するのか？」

これに対して、わたしは「何もない」と答えるよりない。

ラウリ・クースクは何もなさなかった。

なるほど歴史は動いた。が、そのなかでラウリは戦うことはせず、また逃げることもしなかった。もう少し言うならば、疎外された。

ラウリは戦って歴史を動かした人間ではなく、逆に、歴史とともに生きることを許されなかった人間である。ある意味、わたしたちと同じように。

# 第一部

ボフニャ村はエストニアの首都タリンから車を一時間ほど走らせた先の森にある。

現在はバスターミナルや役所、小さな警察署などがあり、道沿いには樅《もみ》の木や樫《かし》の木が並ぶ。村はずれの林には四人乗りの三角ブランコがぽつりと置かれていて、祭の日には、子供たちがそのあたりで存在しないシダの花を探すならわしだ。

〝デジタル・ネイティブ国家〟らしく、クースク家の墓は検索によって見つけ出すことができる。ＨＡＵＤＩと呼ばれる電子墓地のシステムに国内のすべての墓地の情報があり、誰でもアクセスできるようになっているからだ。

わたしがガイド兼通訳のヴェリョとともにその場所を訪れたのは初冬のことだった。

気温は零下で、日照時間は一日のうち五時間程度。

村を離れ、暗い白樺の森を少しだけ歩いた先に、ラウリの両親の墓碑が並んでいた。灰色の世界のなか、わたしは買っておいた蠟燭《ろうそく》を灯し、屈んで目をつむった。ヴェリョが所在なげに枯れ枝を踏む音、ときおり洟《はな》をすする音がした。

立ちあがったところで、ヴェリョがこんな話をした。

「一番暗いのが十二月です。ほとんど日の出る時間がありませんから」

彼はもちろん、ラウリのことは知らなかった。

「――だから、わたしたちは雪が楽しみなんです。雪は、白くて明るいですから」

＊

一九七七年のはじめ、ラウリ・クースクは同じような暗い冬の日に生まれた。

クースク家があったのはボフニャ村の南だ。黄色い二階建てで、緑の窓枠に白い窓が嵌《は》まっていた。庭には、樫と赤松が一本ずつ。

父はソビエトの機械技師で、モスクワ時間にあわせて早朝に起き、きっちり定刻に帰ってきた。その間に母が庭の野菜の世話をし、国営商店に並んで、必要な黒パンやら何やらを買う。

母は詩を書いていたようだが、いま、その詩は残されていない。

ラウリの幼少期、父は髭《ひげ》を生やしており、ラウリはその髭を怖がって父が帰ってくると隠れてしまった。そのころ、二歳ごろだろうか、ラウリの心をとらえたのは数字だった。朝起きると、ラウリは一から順に数字を数えはじめ、三百か四百か、そのあたりで朝食となり、そしてまた一から数字を数えた。

遮られると怒った。

が、遮らないかぎり、ラウリはおとなしく数字を数えつづけた。試みに、父が藁半紙《わらばんし》と鉛筆を与えて数字の書きかたを教えると、ラウリはすぐにそれを覚え、今度は朝から晩まで紙に数字を書きつらねるようになった。

九まで進むと二桁になり、くりあがる。九十九の先は同じように桁が増え、くりあがる。ラウリをとらえたのはこうした規則性だった。紙に書くぶんには、途中どこまで書いたかが残されるので、遮られても怒らないようになった。

紙が足りなくなり、父は職場から紙を盗み帰った。

千を超えても、一万を超えても、ラウリは上機嫌で紙に数字を書きつづけた。ときおり気まぐれに一にリセットした。母は最初その紙を取っておいたが、途中から馬鹿らしくなって捨ててしまった。ラウリも書き終えた紙には興味を示さなかった。

言葉を話すのは遅かった。数字よりも遅かった。けれど、両親が何かを言い聞かせるようなときは――たとえば、家の敷居を踏んではならないといったこと――それをよく理解し、よく守った。

ときおりおしゃべりに訪れる母の友人たちは、ミントを浮かべた紅茶を飲みながら、ラウリのことを気味悪がったり、いやこの子は何者かになるなどと、おのおの言いあったりした。

ラウリの数字は、癖や趣味というより、ほとんど呼吸だった。この呼吸について、いまの観点に立つなら、なんらかの病名をつけることはできるかもしれない。が、紙とペンさえ与えておけば勝手に遊んでくれるということで、ラウリはほったらかされた。

三歳になる少し前、両親はクリスマスを祝い、屋内に樅の木を飾った。

その日もラウリは紙に数字を書きつらねていた。傍らでは父がテレビを叩《たた》き、バルト海を渡って入ってくるフィンランドの放送を眺めた。フィンランドの放送を見るのは娯楽のためだった。チャンネル二つしかないソビエトの放送は退屈きわまりなかった。

オーブン焼きのじゃがいもや塩漬けのキャベツ、血と穀物の入ったソーセージが食卓に並んだ。

両親はクリスマスの贈りものとしてラウリに積み木を与えた。

最初、彼は積み木に興味を示さなかった。母はがっかりしたが、父が閃《ひらめ》き、積み木を使って簡単な足し算と引き算をラウリに教えてみた。ラウリはたちどころにそれを理解した。大きな足し算や引き算をするのに積み木では足りなかったので、その晩には筆算の方法を教わった。

「この子は物理学者になるぞ」

そう言って父は喜んだ。数学者とは言わなかった。父は物理が好きだったが、子供のころシベリアにいたせいで大学に入れず、学者の夢を諦めた過去があったからだ。

父の口癖は「海の匂いがする」だった。

散歩中にふと晴れたときや、窓を開けて隣家の犬に餌をやるとき、父は「海の匂いがする」と口にした。北のバルト海の匂いが、遠くから風に乗ってやってくるというのだ。いくらなんでも海は遠いでしょうと母は笑った。誰も父の言《げん》を信じなかったが、ラウリのみは信じた。けれど当のラウリは海を知らず、どの匂いがそれなのかわからなかった。

天気のいい日、母は庭のテーブルでハーブティーを飲むことがあった。

母はハーブティーを飲む前に、必ずそのうち数滴を地面に垂らした。

精霊《ハルジャス》のわけまえ、と母はそれを呼んだ。これをやるのは母のみで、ラウリの周囲の大人、たとえば母の友人は精霊にわけまえを与えなかった。が、ラウリはこの習慣を好ましく思い、母の真似をするようになった。家でものを置くときは精霊の通り道を作ったし、あるいは願いごとがあるときは、母に手伝ってもらって樹氷にリボンを結わえた。

精霊はどれくらいいるのか、と言葉を覚えたばかりのラウリは母に訊《き》いた。

どこにでもいる、と母が答えた。

「地面の石ころにも、木々にも精霊はいる。すべてのものに精霊は宿ってる」

「数字にも?」

「数字にはいない。数字はものではないから」

どうやらこの世界にはものとそれ以外があり、ものには神秘的な力があるようだった。

幼な心に、ラウリは自分の目に見える世界をかりそめの世界だと見なすようになった。

なぜなら、この世には精霊がいて、それは目に映らないから。

精霊の通り道を作るラウリを母は優しい子と呼んだ。

ただ、それは必ずしも言葉通りではなかった。この子にはどこか抜けたところがあるから、せめて優しい子であってほしい。母の言葉には、そういう願いがこめられていた。

幼いラウリは心のどこかでそれを感じ取り、従い、優しい子であろうとした。

ラウリの転機——いま見るならば、必ずしも幸福な転機とは言えないかもしれないそれは、五歳の春に訪れた。父が勤め先の工場から壊れたTRS-80コンピュータ、当時のソビエトの言葉で言う電子計算機を持ち帰ったのだ。視察に訪れた外国人が、コンピュータのほとんどないこの国を見かねて置いていったという代物で、父が工場で使ったのち、壊れたので引き取ったということだった。

父は物置から埃《ほこり》をかぶったはんだごてやドライバーを持ってくると、

「魔法だ」

と言って分解をはじめた。

キーボード一体型の本体がばらされ、ベージュ色をしたキーボードの基板と、緑色の本体基板とにわかれる。はじめて見る機械の基板はラウリの心をとらえた。最初に思ったのは、この奇妙な形のものには、どういう精霊が宿っているかだった。

「ここにも精霊はいるの?」

ラウリが問うと、父は少し考えてから、もちろんだ、と答えた。

「ここが頭脳部分」

父は基板上のプロセッサを指さし、それから、ここが心臓だと水晶発振器を指した。

「水晶《クリスタル》だ」

作業をしながら、父がぶつぶつとつづけた。

それによると、本当はたいして壊れていないところを、コンピュータに詳しい同僚がいないのをいいことに、うまいこと持ち帰ってきたらしい。数日、父があちこち触っただけで機械は直ったようで、ブラウン管につないで電源を入れると、黒地に白の文字が浮きあがった。

「呪文を唱えるぞ」

父がそう言って笑い、基板が剝《む》き出しになったままのキーボードをタイプした。PRINTと打ったのち、父の手がしばし止まった。つづけて、〝HELLO〟と打たれる。父がとんとエンターキーを押すと、HELLO、と機械が応答した。

それから、父はいくつかの数字の計算を機械にやらせて見せた。

「これがあれば、ロケットの軌道だって計算できる」と父は誇らしげだった。

父はラウリのためにコンピュータを持ち帰ったようだった。新しい機械は、たちまちラウリの心をつかんだ。父が入力した〝呪文〟はBASICという言語で、簡単なプログラムならばそれで組むことができた。簡単なプログラムといっても、軌道計算はできるし、ちょっとしたものならゲームも作れる。

呪文の使いかたは機械についてきたという英語の冊子に書かれており、一日一つ、父が新しい命令をラウリに教えた。補助記憶装置がなかったので、電源を切ればプログラムは消えた。ラジオをつけると、電波が干渉して変な音が出た。

でも、それで充分だった。

保存できないプログラムを、ラウリは紙に書き残して記録した。

学校《シュコーラ》にあがる前の六歳の冬、ラウリはプログラムを一つ完成させた。

画面に雪の粒が舞い散る小さなデモだ。少し組んでは紙に書き残し、翌日、紙を見ながら入力してつづきを書き、四日かけて作られたものだった。

一色しか表示できないので、黒地に白だけ。グラフィックが表示できないから、文字一つぶんの白い四角形を雪の粒に見立てる。でも、ラウリにとってはその画面のなかに世界のすべてがあった。

そこにあるのは、数字が受肉し、新たな精霊が宿った世界だった。

この受像機のなかに、本当の世界がある。本当の世界は、コンピュータという箱を通し、人の前にその姿を見せる。プログラミングという呪文が、それを可能にする。

ラウリにとって、プログラミングは文字通りの呪文だった。

＊

「――では、ソビエトの残した唯一いいものをいただきましょうか」

墓参りを終えたところで、ガイド兼通訳のヴェリョはわたしを村の食堂へつれていった。占領時代に作られた食堂であったらしく、がらんとした大きな建物だった。広い空間の三分の二ほどは使われておらず、残りの三分の一にテーブルが並べられていた。

古びたテーブルクロスの上に、その「いいもの」が置かれた。ウォッカだ。

ここ、エストニアはかつてエストニア・ソビエト社会主義共和国と呼ばれていた。ロシアなどとともに、ソビエト連邦を構成していた国の一つだ。

ウォッカのほかには、ピクルスと血のソーセージ、ヴェリヴォルストがある。

ヴェリョがピクルスの皿を指して言った。

「このあたりでは、冬が来る前にいっせいに野菜の瓶詰めをはじめます。冬が長いですからね」

「ヴェリョさんの出身は？」

「キフヌ島です。家がアザラシ猟をやっていたのですが、それが禁止されましして」

「アザラシ。うまいのかな」

「匂いが独特らしいです」

ヴェリョが鼻を指した。

「わたしも、食べた記憶はもうないのですよ」

「……ラウリ・クースクが生まれたのは一九七七年。そのころは、まだ秘密警察の時代だったね」

「そうです」

ヴェリョがウォッカのグラスを手に、軽く、拳でテーブルを叩いてみせた。

当時の、密告を意味する符丁だ。

「だいぶ末期になりますけれどね」

「言いたいことも口にはできなかった」

「三人の人間が集まることもはばかられました。ちょっとした不平不満も、反ソ的発言というやつです」

「抵抗運動はあった?」

「運動が入れ替わる時期かもしれません。森の兄弟――森に潜んだパルチザンたちがいなくなり、かわりに、エストニア人民戦線といったグループがその後独立を求めるようになりましたから」

あまり飲まないわたしを見て、ヴェリョがピクルスの皿を差し出してきた。

「ピクルスを食べましょう。わたしたちの冬の知恵です」

＊

ラウリは学校に入ることをとても楽しみにしていた。

新学期がはじまる前の夏、父がこんなことを言ったからだ。

「学校に入ればお前に友達ができる。お前はその友達を生涯大切にするんだ」

入学は一生に一度のことなので、両親は時間をかけて準備をした。

猫の絵の描かれた人工革のバッグ、そろばんのついたプラスチックのペンケース。いったいどこで見つけてきたのか、いい生地を使った紺のブルゾン。

新学期の九月一日、父はラウリにこう伝えた。

「よく勉強するんだ。この国は、努力さえすれば誰だってなんにでもなれるのだから」

これは父の本心ではなかったかもしれない。

こう言っておきさえすれば、子供のラウリが人前で口を滑らせても大丈夫だからだ。

とにもかくにも父はそう伝え、ラウリもそれを信じた。素晴らしい国に生まれたことをラウリは誇った。

が、うきうきした気持ちは新学期がはじまるとしぼんでしまった。

勉強についていけなかったからだ。

授業は一コマが四十五分で、低学年はそのほとんどが国語と算数。算数はともかく、国語がまるでできなかった。言葉が遅かったことも関係しているのか、いくらやっても成績は五段階評価の2、ときには1だった。苦手な授業のあいだ、ラウリは二人がけの黒い長机で、ブルゾンのなかで身を縮こまらせた。

二年生に進級して状況は悪化した。科目にロシア語が加わったからだ。

悪い癖が出た。

ロシア語の授業の最中、我慢できなくなって紙に数字を書きつけるようになってしまったのだ。発作みたいなもので、わからない言葉が頭のなかをぐるぐるしはじめると、手が勝手に数字を書き出してしまう。

もちろん、ラウリのこの癖は先生に評判が悪かった。

「そんなことをやっているから、いつまで経《た》ってもできないのです」

そう叱られたが、なかば無意識のことなのでどうにもできない。叱られて少し時間が経つと手が動き、また叱られた。

ラウリは自分でも情けなくなって、ときには泣き出してしまうこともあった。

「きみのせいでこのクラスは全員が4を取れない。アーロンを見習いなさい」

と先生はよくラウリを諭した。

クラスは十六人で、そのなかの優等生がアーロン・ユクスキュラだった。アーロンは皆の中心にいて、サッカーをやるときは決まって彼が皆を率いた。いつも、十月革命児団《オクチャブリャータ》の星の形をしたバッジを誇らしげに襟につけていた。

そのアーロンがラウリを嫌った。

うしろの席から筆箱でこつこつとラウリの後頭部を叩き、鉛筆の先でブルゾンの背を汚し、労働の授業で木工をやるときはラウリのノコギリを隠してしまった。しまいには、ラウリがいつも国語で2を取るからと、放課後のサッカーにラウリを加わらせないようにした。

「ひどいよ」

ラウリは訴えたが、皆もアーロンには逆らいにくいのか、ラウリを仲間外れにした。

サッカーに入れてもらえなかった日、ラウリはしょんぼりと村を歩き回り、それから家に帰って、皆とサッカーをやったと嘘《うそ》を言った。翌日も、その翌日もそうした。

「ラウリは優しい子だから、きっと友達もたくさんいるのでしょうね」と母は言った。

肩を落として村を歩いていると、時間の経つのが遅い。まして、広くない村のこと、ラウリはたちまち居場所がなくなって、仕方なく森の入口に建つ教会の門を叩いた。

「あの建物には近づくな」と父に言い聞かされた教会だった。

父はスターリン時代の教会弾圧を強く記憶していたため、あらぬトラブルに巻きこまれぬよう、近づかぬようにとラウリに言い聞かせたと思われる。事実、地下活動の拠点として若者たちを指導するような教会、つまり反ソビエト的な教会はあった。

が、このカトリック教会については、献金をごまかすための二重帳簿をつけるリホという不良神父がアフガン大麻をふかすばかりで、不健全というほかは、さほど避ける理由もなかった。

ラウリからすれば、人の立ち寄らない村はずれの教会は身を隠すのにちょうどいい。教会のなかは薄暗く、いくつかの光の筋が壊れた壁から射しこんでいた。神父のリホは一番前のベンチで仰向けに脚を組んで眠っていた。ラウリはその二つうしろのベンチに腰を下ろすと、一息つき、まどろんだ。教会は大麻の変な匂いがしたが、リホのほかには誰もおらず、落ち着いた。

どこかからフクロウの声がした。

やがてリホが目を覚ますと、ラウリを見とがめ、何をしているのかと問いかけた。けれど、何をしているのかと言われても困った。仲間外れにされてどうしていいかわからなかっただけなので、置かれている状況を、うまく言葉にすることができない。

「いいさ」

リホが見たことのない縦長のパイプに火をつけて言った。

「好きなだけそこにいればいい。ただ、あそこの奥の部屋には入るなよ」

教会に通うようになって四日目、リホはその奥の部屋へとラウリを案内した。

「ここのことは誰にも言うなよ」

リホは念を押して、棚を隠していた布を取り払った。ハードカバーの本があるほか、薄い紙袋に入れられた何かが並んでいる。リホはその一つを手に取ると、

「どうだ」

と、なかから骨の映った円形の盤面を取り出した。

「自慢のコレクションだ。一昔前は、こんなものでも命がけだったんだぜ」

リホはその盤面をレコードプレイヤーにかけた。聴いたことのない音楽が流れた。自然と身体が動くようで、沈んでいた心が少し色づいた気がした。

「これは?」

「プレスリーだ」

リホが答えて、それから身体を揺らした。

ボーン・レコード――あるいは、肋骨レコード。

使用済みのレントゲン写真に溝が刻まれた、非合法のレコードだ。次にタンゴが、その次にモダンジャズが流された。

プレスリーをもう一度聴いてみたいとラウリは言ったが、リホは口の端を歪《ゆが》めて首を振った。

「数回しか聴けないからな。あれがほとんど最後の一回だ」

「そんな大切なもの、かけてしまってよかったの？」

「いまはもうテープがあるからな。こうして、おまえさんが口を開いてくれたんだからいいさ」

ラウリが反射的に押し黙り、リホは少し困ったような顔をした。

「宿題をやらなくて怒られたのか」

「……違う」

「成績が悪くてお母さんに叱られたな」

「違う」

「友達とけんかしたか？」

厳密にはそうでなかった。友達がいるかどうかもわからない。けれど、三つのなかでは近い。ラウリは頷《うなず》いた。リホは「そうか」と言うと、それきり何も言わず、次のレコードをかけた。

皆のサッカーが終わるころあいに教会から帰った。

ロシア語の勉強をせずコンピュータを立ちあげるラウリを見て、母がため息をついた。

「また、勉強しないで……。父さんも何か言ってちょうだい」

緑の窓枠に肘をついて外を見ていた父が、そうだな、と改まった。

「ロシア語はこの国のどこででも通じる。技師になりたいなら、それは必ずラウリの役に立つよ」

父はラウリにそう言ったが、それから、

「ロシア語なんかくそくらえだ」

と母に耳打ちするのが聞こえた。

翌日はもっとひどかった。昼休みのあいだにノートが隠され、クラスからはくすくすと笑い声がした。放課後、アーロンは共産主義少年団《ピオネール》に入っている先輩と川で遊んだことを自慢して、それからまったく自然に、呼吸でもするようにラウリに跳び蹴りを入れてきた。

どうしてこんな目に遭わねばならないのかわからなかった。

ラウリは教会に直行して、それから家に帰って友達と遊んでいたと報告した。

「もう、勉強もしないで遊んでばかり」

と母が気に留めないのがラウリにとっては救いだった。

ロシア語の授業もあいかわらずで、先生には叱られてばかりだった。

ところで、ホルゲル・ハンケンシュミットというこの担任の先生には妙な癖があった。生徒を叱る際に、皆の前、移動式の小ぶりな黒板の横に立たせて、生徒が震えはじめるまで待って、それから突然許しを与えるのだ。

生徒が噂《うわさ》するには、先生はかつてシベリア送りになりかけたころ、フルシチョフのスターリン批判なるものによって無罪放免となったということだった。

だから、そのときの体験を無意識になぞって、生徒に同じことをしようとしているというのだ。真偽は不明だが、少なくとも、皆はそう噂していた。

それから、ラウリにとって忘れられない、三年生の新学期が訪れた。

今日は別の部屋で授業をやると言って、ホルゲル先生はそれまで使っていなかった教室に皆をつれていった。きれいに掃かれた床に子供用の机が並び、その上に、大きくК《K》У《U》В《V》Т《T》と印字されたキーボードが十台、ブラウン管に接続されていた。

見た瞬間、ラウリは胸が高鳴るような気がした。

ぼくの好きなやつが出てきた。これなら、わかるかもしれない……。

「電子計算機《コンピュータ》だ」

ホルゲル先生は誇らしげに言うと、皆を二人組で席につかせた。ラウリは自分で電源を入れたかったが、ペアを組んだレネがラウリを押しのけ、電源を入れた。

ブラウン管のモニタに「MSX BASIC」と表示され、確信が深まった。家にあるコンピュータも、電源を入れると「LEVEL II BASIC」と出る。あれとこれは、きっと同じものだ。

上気した頭に、ホルゲル先生の声が聞こえてきた。

「……情報科学《インフォルマティカ》の時代を見据えて、わが国でも大規模なコンピュータ導入プロジェクトがはじまった。この学校にも運よく計算機が配備されることになったので、低学年の皆にも触れてもらうことにした」

なんでも、本当はこのような小さな学校にコンピュータが配備される予定はなかった。けれど、情報科学の時代を見据えたホルゲル先生が熱烈に中央に頼みこみ、首都タリンに運ばれるはずだった機械の一部を、うまいこと、この村にも回してもらったとのことであった。

それから、ホルゲル先生は簡単なプログラミング命令を皆に教えた。

授業が進んだところで、眠たくなったらしいレネがラウリに操作をまかせた。

「では簡単なプログラムを作ってみようか」

先生がそう言って、皆がプログラムを組むことになった。アーロンが足し算のプログラムを作って先生に褒められているのが見える。それを横目に、ラウリは竜のゲームを作った。

〝*〟の字を並べた竜が画面を降りていき、障害物の炎を避《よ》けるゲームだ。

「なんだこれ?」

レネが驚いて叫んだ。

「めちゃくちゃおもしろいぞ。皆もやってみろよ!」

つまりそれが、皆がはじめて触るコンピュータ・ゲームだった。

皆は順にラウリのゲームを遊び、最後にアーロンが真剣な面持ちで竜を操作し、高得点を挙げた。アーロンはあんぐりと口を開け、そのまま無言で席に戻ってしまった。

些細なことで世界が反転する、そういう瞬間がある。

些細なことで、落ちこぼれが人気者になったりもする。子供であれば、なおのことだ。

この日ラウリに起こったことが、まさにそれだった。

ホルゲル先生が来た。

「これは……」

と先生はしばし言葉を失ってから、小声で言った。

「ラウリ。あとで先生のところに来なさい」

また怒られる、とラウリは思った。

放課後、ラウリはおどおどしながらホルゲル先生のもとを訪ねた。先生はふたたびラウリを先ほどの部屋につれて行くと、ＫＹＢＴの電源を入れて何か作れと命じた。

わかりました、とラウリは一からプログラムを書きはじめた。

ラウリがプログラムを打つ様子を、先生はしばらくうしろから眺めた。

「考えるより先に書いているように見えるね。戻って直したりもしていないようだが」

「プログラムは最初から頭のなかにあります。ぼくはそれを書き写すだけ」

「ふむ……」

まもなく車のゲームができあがった。車を左右に操作して、別の車にぶつかったらゲームオーバー。すぐに完成させたかったので、道は直線のみ。でも、充分にゲームになっていた。

「これはどこで覚えた？　家にコンピュータがあるのか？」

「それは――」

ラウリは口ごもった。

コンピュータのある家などないから、秘密にしておけというのが父の言だった。まして家のTRS-80は、父がうまく職場から持ってきたものだ。漏らすとどうなるのだろう。警察が家に来るのだろうか。

嫌な汗が出た。

「父さんから教わって紙にプログラムを書いています。いつか、こういうふうに役に立つものだからと」

ホルゲル先生はしばし顎《あご》に手を添えると、

「いいでしょう。嘘がつけるのはいいことです」

とラウリの頭にぽんと触れた。

人が三人集まることもはばかられる国では、嘘がつけるほうがよい、ということだ。

「放課後、この部屋を自由に使いなさい」

「え?」

「誰かに訊かれたなら、サッカーをやっていたとでも答えるように。きみならばこのソビエト連邦のエリートコースにも乗れる。モスクワの大学にも、サイバネティクス研究所にも行くことができるだろう」

モスクワの大学に、サイバネティクス研究所。夢でも見ているようだった。

サイバネティクス研究所は、この地方の情報通信分野での発展を期待して中央政府が作った科学アカデミーの一組織だ。

それにしても、今日まで落ちこぼれで、いまだにロシア語さえままならないっていうのに。

――もしかしたら、ぼくはこの国でも生きていけるんじゃないか？

「そのためにはロシア語を頑張ってもらわなければ困りますけれどね」

ホルゲル先生は笑った。

「この国では、頑張って努力さえしたならば、誰だってなんにでもなれるのだから！」

＊

КУВТ――。

冷戦期、ソビエトは輸出規制によって高性能のコンピュータを輸入することができなかった。このため採った戦略が、低機能の8ビット機を輸入すること。そんななか日本のヤマハは当時販売していたMSXコンピュータをベースに、ソビエト向けのКУВТを作り、それが一部学校に配備された。

ＭＳＸは宇宙開発でも用いられ、宇宙ステーションのミールにも搭載されたことで知られている。

ラウリの触れた生徒用のＫＹＢＴはヤマハのYIS-503IIIR である。ＣＰＵはＺ80、メモリが一二八キロバイト、ビデオメモリが一二八キロバイトであった。テープなどの補助記憶装置はなく、データを保存する際は、簡易ネットワークを介して教師用のマシンでメディアに保存された。

中身はＭＳＸであり、ＭＳＸ用に開発されたゲーム類がそのまま動く。

教育映画の『列車はブルジバールへ』では、子供たちが楽しそうにＭＳＸのゲーム、『イー・アル・カンフー』や『サーカスチャーリー』で遊ぶ姿が収められている。

なお、ラウリが三年生となったこの年、チェルノブイリ原子力発電所事故が起きた。

これを機に、ゴルバチョフ書記長によってペレストロイカとともに言論の自由化、民主化が推し進められる。

情報公開《グラスノスチ》である。

世の空気は徐々に変わり、モスクワでは、車体に広告をつけたバスが走りはじめた。

＊

情報科学の授業を経て、ラウリの生活は変わった。

一つはホルゲル先生の黙認のもと、放課後にKУBTでプログラムを組むようになったこと。

もう一つは、ちゃんとロシア語を学ぼうと取り組みはじめたことだ。

——ロシア語をやらなくちゃ。ロシア語ができないと、モスクワの大学には行けないだろうから。

家に帰ったあと、ラウリは古い二年生の教科書をひっぱり出して復習をはじめた。文字からしてよくわかっていなかったので、それもちゃんと一からやり直す。

目的ができれば、あとは早かった。

勉強するラウリを見て母は喜んだが、父は微妙な顔つきをして、少し不機嫌になってしまった。

父が眠ったのを見計らって、

「気にすることはないから」

と母はラウリにそっと告げた。

「お父さんだって本当は喜んでる。でも、お父さんが子供のころ、長い出張に行ってたことはラウリも知ってるね」——出張、両親とともに送られたシベリアのことだ。「そのころは、親戚から招聘の手紙があれば子供は本国に戻ることができた。だから、お父さんは親戚に何通も何通も手紙を書いて、懇願して、やっとビゾフを書いてもらえた」

慎重に、母はそこで話を止めた。

シベリアのことを父は話したがらなかったため、こうした話を聞くことはこれまでなかった。

が、母の言いたいことはわかった。

国をソビエトに占領されて、子供時代にシベリアに送られて、ロシア語が——そしておそらくは、ロシア人も——好きになれる道理など、どこにもないというわけだ。

「だけどラウリが勉強することは喜んでるから。なんといっても、お父さんはラウリに物理学者になってもらいたいのだから」

これを聞いてラウリは悩んだ。

——たぶんお父さんはロシア語が好きじゃない。だけど、ぼくにはロシア語を学んでほしいと思ってる。そのどちらもが本当なんだ。

次の日、ラウリはリホの教会でロシア語の勉強をしはじめた。

ラウリの持ちこんだロシア語の教科書を見て、リホは顔をしかめた。

「ロシア語なんてやめちまえ」

とリホは不機嫌になったが、かといってラウリを追い出そうともしなかった。

本音を言ってはいけない国で本音を言うのに、どういうわけか許されてしまう人というのはいるもので、リホとは、つまりそういう人物だった。

教科書のわからない点を訊《たず》ねると、リホは不快そうに、けれど丁寧に教えてくれた。

三年生にあがったばかりだったのがよかったのか、ラウリのロシア語はすぐに皆に追いついた。おそらく、これが六年とか七年であれば、もういくぶんか難しかっただろう。

ようやく、ラウリはロシア語で4を取れるようになった。

が、アーロンがあいかわらずラウリを嫌っていたため、ラウリもサッカーに入れてくれとは言わなかった。かわりに、放課後はKYBTでゲーム作りをした。情報科学の授業の時間には、皆がラウリの新しいゲームを楽しみにするようになった。

ホルゲル先生は優秀な生徒がいるとモスクワに報告したが、反応がなかったため、次にラウリの作ったプログラムをタルトゥ市の大学に送った。

これに反応したのが、タルトゥ大学で数学や情報科学を教えるライライ・キュイク教授であった。彼女はすぐにラウリのプログラムを解析すると、ホルゲルに手紙を書いた。

ある休みの日、ラウリが宿題をやっていると、クラスメートのエミールがやってきて、ホルゲル先生が呼んでいるという。はてと首を傾《かし》げて学校へ行くと、ボフニャ村を訪れたライライ・キュイク教授がホルゲル先生とともにラウリを待っていた。

ホルゲル先生はラウリのことを、

「これがうちの村のちびっ子計算機技術者です」

とライライに紹介して、それから、偉い先生がラウリのゲームを見に来てくれた、とつづけた。ライライは親族の住む村が近くにあり、そこへ寄るついでに、ボフニャ村を訪ねたようだった。

ラウリの組んだプログラムを見る機会が設けられたが、ラウリは真っ赤になってうつむいてしまい、受け答えも要領を得なかった。このとき、ライライは一つ忘れられない贈りものをラウリのために用意していた。イギリスで出版された『MSXコンプリート・プログラミングリファレンスガイド』を彼女がロシア語に抄訳したものだ。

抄訳を手渡す際、ライライはこんな話をした。

「これからは計算機科学の時代ですが――」

この国は遅れている、とつづくだろう言葉を彼女は呑みこんだ。

「同志ラウリ・クースク。勉強しなさい。あなたはきっといい学者になれるから」

——このころラウリの作ったゲームに、芋虫となって枝の上で暮らすものがある。葉っぱを食べれば得点になり、鳥に見つかればゲームオーバー。このころラウリが好んで扱う題材には動物や昆虫が多かった。対して、戦争や争いはなかった。

ラウリの作は常にゲームの形を取っていたが、彼も任天堂などで遊んだことはないわけで、ゲームの文法に則していたとは言いがたい。どちらかというと、映像作品のようなものも多かった。

彼の頭のなかには、いつも母のあの言葉があった。

「地面の石ころにも、木々にも精霊はいる。すべてのものに精霊は宿ってる」

ラウリがプログラムという呪文を唱えていたのは、つまりは、精霊を呼び出すためだった。ソビエト社会を生きるための言語がロシア語であったならば、プログラミング言語は、ラウリにとって精神世界を生きるための言語だったのだ。

＊

ラウリの通っていた学校はいまもある。ボフニャ村の小さな消防署の近くで、正面にはバス停、三角屋根のついたこぎれいな建物である。ホルゲル先生はすでに他界していたが、当時を知るマイレ・スーサルという女性の教師が話を聞かせてくれた。

「物静かな子供だったわよ。昼、生徒たちが食堂でごはんを食べるのだけれど、ラウリはいつも隅のほうで、一人静かに食べていて」

「子供たちのことは皆覚えているのですか」

「担任した子供たちのことはね。ラウリは担任ではなかったけれど、有名だったから」

「この村で学んだ子供たちは、皆、中学校から村を離れるのですか」

「みんなじゃない。当時は、初等教育のみという子供が多かったから。進学する子は、そうね、首都のタリンに通う子もいたけど、親元を離れてタルトゥ市へ行く子もいた。あそこはほら、教育が充実しているから。ソ連時代であれば、サンクトペテルブルク――当時の名前でレニングラード――なども候補に挙がってくる。ここからだと、車で五、六時間も走れば着く距離だから」

それから、現在使っているというプログラミングのテキストを見せてもらった。この〝デジタル・ネイティブ国家〟では、子供は小学生のときからプログラミングを学ぶ。

「いまだったらもう少し胸を張って言えるのにね。ラウリ、学びなさい、って」

＊

夏休み前のある日、アーロンが風邪で学校を休んだ。

その日ラウリはのびのびと過ごし、普段押し黙っている授業中には、手を挙げて発言したりもした。まるで酸素ができたようだった。放課後になって、クラスメートのエミールやレネが森に遊びに行かないかとラウリを誘った。それで、三人で教会の横を通って森に向かった。

白樺の森に入り、小川沿いに歩く。

木の上のほうに、渡り鳥のコウノトリが巣を作っていた。

皆と歩いているだけで楽しくて、しみじみと、アーロンなんかいなくなっちゃえばいいと思った。しばらくアメリカ開拓民の真似などをして遊んだあと、突然、レネがパルチザンの遺骨を探そうと言い出した。

ソビエトに抗《あらが》って森に潜んだ者たち、森の兄弟はボフニャ村の近辺にもいた。

彼らは細々と村人の助けを借りながら、森に生き、森で死んでいった。秘密警察や軍用犬をつれたソ連軍に殺されたその遺体は、森のそこかしこにあった。

「パルチザンが埋葬されているところには、木の幹に十字架が彫られている」

とレネが言うので、森を探索しながら、木の幹の目印を探すことになった。

だんだんと三人の距離が離れ、木々の震えや鳥の声に混じって、互いを呼ぶ声が森に満ちた。森の動物になったように、エミール、レネ、と声をあげていると、次第に自然の一部になった気がしてくる。笑い声を交わし、走り、そのうち、うわっ、とエミールが叫ぶ声がした。

駆け寄ると、転んだエミールが向こうずねのあたりを切ってしまっている。

枝か何かで切ったのか、五センチほど、ズボンが切れてその向こうに傷口が覗《のぞ》いていた。まるで石ころを割ったら宝石が出てきたみたいだった。

なんてことないとエミールがズボンをたくしあげ、川で傷口を洗った。

遺骨は見つからなかった。

夕食の時間が近づいたので、また皆で探そうと口々に言い、村への帰路についた。道すがら、エミールがこんなことを訊いてきた。

「ラウリは共産主義少年団《ピオネール》には入るの？」

ピオネールは共産党の下部組織だ。

揃いの制服を着て「同志《タワリシ》」と呼びあう姿には憧れるし、アーロンがピオネールの先輩と遊んだという話は羨ましかった。成績優秀者でないと入れないという話もあるが、いまのラウリならば大丈夫かもしれない。

「入りたいよ。だって、とっても恰好いいんだもん」

とラウリは率直に答えた。

ピオネールに入ったなら、運動会や音楽会をやって、夏にはサマーキャンプへ行きたい。そのあとは青年同盟《コムソモール》に入って、やがてはモスクワの大学へ——。

「でも、アーロンもきっと入るよ」

「アーロンは関係ない」とラウリは首を振った。「ぼくが入りたいんだから」

そう答えたものの、父はどう思うだろうか、とラウリはふと思った。

——お父さんは、ぼくがピオネールに入りたがるのをよくは思わないだろう。

最初は、ちゃんと父に話して了解を得ようと考えた。でも、きっと怒られる。だんだんと気が重くなり、皆と別れてラウリの黄色い家が見えたころには、すっかりふさぎこんでしまった。

父はすでに帰っており、緑色の窓枠で右腕を休ませながらパイプをふかしていた。

夕食のあいだ、ラウリは一言も喋《しゃべ》らなかった。見かねた母がどうしたのかと訊き、ラウリはなんでもないと答えた。重ねて、どうしたのだと父が訊いた。

これでやっと、ラウリは打ち明けた。

ピオネールに入りたいという彼の希望に、父は悲しむような、寂しがるような視線で答えた。

「入ってその先はどうするつもりなんだ？　青年同盟《コムソモール》に入るのか」

「できるなら」ラウリはそう答えるのが精一杯だった。

「そのあとは共産党か」

「わからない。考えてないよ」

父は押し黙ってしまった。

そんなのはやめろ、と思っているのは明らかだった。が、父は長いこと無言で、結局、よいとも駄目だとも言ってくれなかった。父は食事を終えると、席を立って窓を開け、

「海の匂いがするな」

とパイプに火をつけた。

結局のところ、一家の心配は杞憂《きゆう》に終わった。

ラウリがピオネールに入れなかったからだ。理由は聞かされなかったが、教会に出入りしていたのが原因ではないかとラウリは考え、自分を納得させた。

実際はそうではなかった。入団できなかったのは、父がかつてシベリアにいたことが

理由であったのだ。が、ラウリがそれを知らなかったのは幸いであったかもしれない。

　四年生の新学期、アーロンはレーニンの横顔の描かれたピオネールのバッジをつけて登校してきた。バッジは赤い星と焚《た》き火の炎を組みあわせた形をしており、「常に備えあり！」とロシア語で書かれていた。

　成績優秀でないとピオネールには入れないため、アーロンは誇らしげだった。

「入りたいか？」

とラウリは訊かれたので、正直に「入りたい」と言ったところ、

「だ、め、だ」

と音節を区切ってアーロンが答えた。

　この時期に作られたラウリのゲームに『鉄くず集め《Сбор металлома》』がある。主人公はピオネールの一員となり、白いシャツに赤いネッカチーフ、赤い帽子、半ズボンという出で立ちで奉仕活動の鉄くず集めをする。たくさん鉄くずが集まれば、高得点というわけだ。

　珍しく人間が出てくるこの作は、ラウリの率直な憧れをそのまま描き出している。

　ラウリは呼吸するように、こうしたゲームを次々と作った。

　この作は職員室でひそかな評判となり、ホルゲル先生はその評判を見て、モスクワで

開催されていたＫＹＢＴコンペティションにこの作を応募した。

＊

「『鉄くず集め』はわたしもやったわ」

とマイレ・スーサル先生は当時を振り返って語る。

「あのころは、コンピューター・ゲームなんてなかったからね。ラウリのゲームは、教師たちのあいだでも隠れた人気があった。いまでもゲームはやるけど――」

不思議と、ＫＹＢＴで描かれる原始的なキャラクターのほうに、迫ってくるものがあったという。

「ドットで描かれていたから、想像力が働いたのかしら？」

「走査線のせいという説もありますね」

わたしはＳＮＳで仕入れたばかりの知識を披露した。

「ブラウン管に映し出すと、ドットとドットのあいだに隙間が空きますから……つまり、実際はぎざぎざであっても、曲線が曲線に、円形が円形に見えたわけです」

むろん理由はさまざまに考えられる。それまでゲームがなかった、というのはやはり大きいだろう。まして、ものの少ないこの村とあれば。

ある日突然、かつてなかった別のリアリティが姿を現したわけだ。

「それにしても、ラウリはどこでコンピュータ・ゲームを知ったのかしら」

おそらくは、知らなかったはずだ。

父が持ち帰ったというTRS−80は本体のみで、補助記憶装置もなかった。ゲームはなかったし、あったとしても動かすことができなかった。ラウリはただプログラミングのみを教わり、そして作り出したのがゲームであったということだ。

ただ、コンピュータを使って何かを表現しようというとき、八〇年代であれば、それがゲームという形を取るのは自然なことであったかもしれない。

が、たとえばハイスコアといった概念一つ取っても、無からそれを発想するのは案外に難しい。ラウリはそれをやった、ということになる。

つまり、ラウリはコンピュータ・ゲームを発明した。

ただし、それは人類史的な発明ではなかった。西側にはすでにさまざまなゲームがあったからだ。ラウリが生まれた次の年には『スペースインベーダー』があったし、西側の開発者は、ラウリとは比べものにならない環境ですでにさまざまなゲームを生み出していた。

が、とにもかくにも、ラウリは無から有を生み出したのだ。

ラウリの営為は、言うなればアステカ文明のような、あったかもしれない文明に似ている。

『鉄くず集め』が評価されたのに、ラウリはピオネールには入れなかった？」

「ピオネールはまず成績上位者。次に、素行のよい者。うちの学校からだと、だいたい一割の生徒が入ってたわね。ラウリの成績であれば、入れてもおかしくはなかったのだけれど……」

「何が問題だったのですか。父親の経歴？」

「そう聞いたわ。でもソビエトの社会は複雑で、シベリア帰りだからと大学に入れなくとも、担当者の考えの違いで、その隣の大学には入れたりもして……。ラウリの入団の審議に誰がかかわっていたかはわからないけど――」

マイレは身を守りでもするように書類を胸の高さに持ちあげ、それからそれをテーブルに落として揃えた。

「父親の経歴に問題があったらしいというのは、ホルゲル先生の話だったはず。であればやはり、先生は、誰かからそう聞いたのでしょうね。――それが誰であれ」

＊

四年生の一学期も終わりにさしかかり、長い冬に入った。

約束していた遺骨探しのつづきをラウリは心待ちにしていたが、結局のところアーロンがいると、エミールやレネがラウリの相手をしてくれることもない。子供たちの常で皆の興味も移り変わり、ふたたび森で遺骨を探すことはなかった。

ことあるごとに、遺骨を探そうよ、とラウリは言ったが聞き入れてはもらえなかった。

このころラウリが作った小品に『氷作り《Изготовление льда》』がある。КУВТのグラフィックモードを使用した作で、中身は、製氷皿をうまく動かして氷を作るというだけ。四、五分もあれば飽きてしまう代物だが、身の回りのものすべてをプログラムに落としこもうというラウリの発想が垣間見える。

ラウリのゲームにもっとも近いものは、日々の日記であるかもしれない。日記を書いたり、写真を撮ったりするように、ラウリは身の回りを見て、それをプログラムという形に残した。歩いていても、誰かと喋っていても、いつも心の一部は目に映るものをプログラムで再現する方法を考えていた。

ところで、このころホルゲル先生には悩みがあった。

ラウリのように最初からそれを知っていた生徒や、あるいはアーロンのような積極的な生徒を除いて、子供たちがプログラミングを覚えてくれないのである。

低学年で顕著であったし、高学年の生徒も事情は同じだった。

当のホルゲル先生自身、コンピュータを扱うのははじめてのことで勝手がわからない。

もとより、強引に村に導入してもらったＫＹＢＴである。このままでは貴重なＫＹＢＴを別の学校に回されてしまうのではないかと気を揉《も》み、あるとき、ホルゲル先生はラウリにそのことを打ち明けた。

これを聞いてラウリは思った。

――プログラミングは楽しい。でも、みんなにはそれがわからないみたいだ。

――自分の見えるこの世界を、みんなにも見えるようにしてあげるには？

冬休みいっぱいを使って、ラウリはロシア語の教本を作った。

これが『ラウリのＫＹＢＴ』だ。

子供向けに大きな字で書かれたそれは、ミニゲームのサンプルを挟みながら、プログラミングの概念をわかりやすく伝えるものとなっていた。

ホルゲル先生はいたく感心し、さっそく皆に配布しようと考えた。

コピー機は規制されていたので、鉄筆とガリ版印刷が使われた。

最初、冊子に題名はなかった。そこで、ホルゲル先生は『ラウリのＫＹＢＴ』と表紙をつけるようラウリに命じた。最初、ラウリは自分の名前が入るのを嫌ったが、先生に説得され、渋々、表紙が加えられた。

ホルゲル先生が苦心してそれを鉄筆でなぞり、まもなく、生徒全員ぶんの冊子が作られた。

冊子はわかりやすいと評判で、多くの生徒が簡単なプログラムを組めるようになった。が、ラウリのように自発的に一つの世界を発想して作る生徒はついに現れなかった。

――ぼくだけがちょっと変なのかな。

――ぼくと同じような世界を見る子はほかにいないのかな？

プログラムの向こうに世界を見て、世界の向こうにプログラムを見る誰か――機械の言語で考え、機械の言語で語りあえる友達が。

いないとは思えない。きっと、どこかにいるはずだ。

ラウリは母からリボンを一つもらうと、願いをかけて、森の白樺にそれを結わえた。

そのころ、ＫＹＢＴコンペティションの結果がボフニャ村に届き、ホルゲル先生は生徒皆の前でそれを発表した。

『鉄くず集め』は三等に入賞し、小さな記念のメダルが贈られた。

ラウリが樫の木でできた箱に入れて、ずっと大切にしたメダルはこのときのものだ。

メダルはラウリにとって、ボフニャ村とモスクワのあいだにつながれた一本の細い糸だった。

が、このコンペティションの結果は、ラウリにメダル以上のものをもたらした。それは一等の入選者についての記載だった。

レニングラード在住の、イヴァン・イヴァーノフ・クルグロフ。

ラウリと同じ、十歳の少年だった。

イヴァンの一等入選作はいわゆるシューティングゲームで、ホルゲル先生はすでにそのプログラムを取り寄せていた。放課後、ホルゲル先生のもとでそのゲームを立ちあげ、ラウリはすっかり打たれてしまった。

——イヴァン。イヴァン・イヴァーノフ・クルグロフ。

——もしかしたら、この子だったら。

ゲームが扱うのはマルス3号の火星着陸。

地球から打ちあげられ、火星に向かう最中、マルス3号は地球外生命体の襲撃を受ける。それをしりぞけ、火星に着陸するまでがゲーム内の物語。ラウリのゲームと同じくして、無から生み出されたものだ。

が、そうした装いとは別に――。

――星が流れている。

その一点がラウリを打った。

画面はほとんど白と黒だけなのに、動きがいい。しかも、背景として描かれたたくさんの星が、それぞれ異なる速度で右から左に流れていたのだった。すぐにラウリはゲームを止め、イヴァンのプログラムを読みはじめた。

「わかるのか？」興味深そうに、ホルゲル先生が画面を覗きこんできた。

「ゲームの進行にあわせて、背景のパターンを書き換えている。でも……」

「でも？」

「こんな書き換えなんかやっていたら動作が間にあわない。いや、わかった。これができるのは、小さな星であればたった一バイトの書き換えで済むから」

こんな発想があったなんて。

――イヴァン。

手を止めて、ラウリはその名を小さく口にした。

イヴァンは、ラウリのプログラムを動かしてみただろうか。

同い年の、顔も知らない子供。その子のことで、頭がいっぱいになった。いつか、その子に立ち止まらせてこちらを向かせてみたい。

同年代にすごい子供がいたことで興奮し、ラウリは家に帰ってからもその話をした。が、折悪しく父がウォッカを一瓶空けて酔っ払っていた。コンペティションに入賞したことは喜ばれたが、ラウリがイヴァンの名を出すや、

「なんだそのロシア人は！　おまえ、そんなやつと友達にでもなったら、ただじゃおかないからな！」

と急に怒り出し、話はそれまでとなってしまった。

――ラウリ・クースク、そしてイヴァン・イヴァーノフ・クルグロフ。

ＫＹＢＴコンペティションはここから、西側諸国の知らない豊穣の時代を迎える。アステカ文明のような、あったかもしれないもう一つの可能性の時を。

＊

「この国では焚き火が好まれる。それは、夜が長いからかもしれないわね」

短い冬の昼が終わり、マイレ・スーサル先生が照明をつけた。

「……タルトゥに行ってからのラウリの作はわたしも知らない。でも、ときおり噂は聞いたものだった。彼の才が真に開花したのは、タルトゥに行ってからだったとか」

「タルトゥ行きはホルゲル先生の提案だったのですか？」

「ライライ・キュイク教授の要望があったと聞いたわ。教授の存在は、ラウリにとってまさに福音だった」

でも、とマイレ・スーサル先生は物憂げにつづけ、くぐもった声で何事かつぶやいた。

「なんとおっしゃいましたか」

わたしが訊ねると、ためらうような間を置いて、スーサル先生がくりかえした。

「こうして懐かしんで語ることができるのは、時を経たあとだからなのかも」

*

四年生と言えば初等教育の終わりである。

当時のソビエトの教育では、四年までにロシア語や国語、算数、それから簡単な自然科学、地理、歴史などを学び、そこから先が中等教育となっている。

中等教育には小中一貫で七年制のものと十年制のものがあり、前者は「不完全な中学校」と呼ばれた。大学進学につながるのは、そのうち十年制のほうであった。

ボフニャ村は小さな村であるので、中学校はない。

多くの生徒が初等教育のみで教育を終えていたが、ホルゲル先生としてはラウリを大学へ行かせたい。そこで面談をし、中等教育をどこで受けさせるか話しあいが持たれた。

ホルゲル先生のすすめは、南のタルトゥ市の十年制学校への編入。

それが大学進学にもつながるし、あのライライ・キュイク教授も、ラウリを自分の近くに呼び寄せたがっていたからだ。

ちなみに、学校改革があって五年生が飛ばされることになったため、次は五年ではなく六年生からになる。

「レニングラードは?」とラウリは質問した。

「ちょっと遠い。いずれモスクワ行きを検討するにせよ、まずは、国内にいたほうがご両親も安心ではないか?」

ラウリとしては、アーロンと離れられさえすればなんでもいい。

そこでアーロンの進路を訊ねたところ、北のタリン市の中学校だというので、一も二もなくタルトゥ行きを希望した。いずれモスクワへ行きたいラウリのために、ロシア語で授業が行われるロシア系の学校が選ばれた。

問題は両親だった。

教育は無料であるものの、親としてはボフニャ村に近いタリン市に通ってもらいたい。ラウリがタルトゥ市の寮に入ることには、どちらかというと反対だった。

そこでホルゲル先生が説得にかかった。

先生は休みの日にラウリとその父を学校に呼び寄せると、

「この子は情報科学の申し子なんです！」

と一席ぶち、国に情報科学の人材が少ないことや、タルトゥ大学の教授も目をかけていることなどを熱っぽく伝えた。

ホルゲル先生が話し終えたところで、父が疑問を口にした。

「でも、情報科学なんて重工業や原子力と比べれば……」

「ボリス・ババヤンをご存知ですか。スーパーコンピュータのエルブルス《Эльбрус》2を開発して、先日、レーニン賞を取ったばかりです。あれはミサイル防衛にも原子力にも使えますからね。情報科学は、この国の未来なのです」

「ふむ……」

「わかってください。この子はいずれレーニン賞だって取れるんですよ！」

ホルゲル先生がそこまで考えているとは知らず、ラウリは目を白黒させてしまった。

内心ではソ連嫌いの父も、ソ連最高の賞を取れるとまで言われれば悪い気はしない。それで結局、ホルゲル先生の勢いにおされ、タルトゥ行きを了承してしまった。

気分を害したのが、頭越しに決められてしまった母である。

母はラウリが遠くへ行くことを寂しがったが、すっかり乗り気になった父が説得にかかり、こうして、ラウリのタルトゥ行きが決まった。

息子と離ればなれになる覚悟が決まっていなかった母は、その後何かとラウリとハーブティーを飲みたがり、お茶を淹《い》れては、「こうしてお茶を飲めるのもあと何度かねえ」とこぼした。

ある晩、母は「占いをしてあげる」と言い出し、蜜蠟を火にかけて溶かした。

母は溶けた蜜蠟を冷水に落とし、冷やし固めるとその形を見た。

「ナナカマドの実に似てる。吉兆よ」

ラウリにはどういう吉兆なのかわからなかったが、母はこれでひとまず満足したようだった。

三学期の放課後、ラウリは足元のオオバコの葉を踏みながらリホの教会に向かった。

しばらく、ラウリは教会へ行くことを避けていた。だんだんと分別がついてきた結果、教会へ行く者は秘密警察にマークされることなどがラウリにもわかってきていた。

まして、モスクワの大学という目標があるなら、足を踏み入れないほうがよいというわけだ。

けれど、リホに何も言わずにタルトゥへ去るのは何かが違う気がした。ラウリは教会を訪ねると、よれよれのワイシャツを羽織ったリホにタルトゥ行きの話をした。

「好きにすればいいさ」

とリホはそっけなく応じた。

「教会なんてやつは、来ないほうがいいのさ。おまえさんも、さっさとここのことは忘れるんだな」

突き放した口調だが、つまりは、教会など来ないほうがラウリの身のためということだ。これ以上来させないために、そういう言いかたをしているのだろう。

ラウリは少し考えて、こう応じた。

「わかってる。リホおじさんは口ではそういうふうに言うけれど、本当は優しい人なんだって」

子供にこういう言われかたをすると弱い性格らしく――また、ラウリにもそのことがわかっていた――リホは毒気を抜かれ、がりがりと頭を掻《か》きはじめた。

リホはベンチで脚を組むと、短く問いかけた。

「それで、おまえさんこれからどうするんだ？」

「どうって……情報科学を勉強して、モスクワの大学に行くつもりだよ」

レーニン賞を取るんだ、とはさすがに言わなかった。

「情報科学をやるぶんには、この国に居場所ができる。ぼくにはそれしかないから」

「うむ……」

リホが答えて、それから宿酔《ふつかよ》いでもするのか、こめかみを揉んだ。

「わかった。ところで、俺がどうして神父なんかやってるか、おまえさんに話してなかったな」

背もたれに体重を預けて、リホが胸ポケットから大麻煙草を出し、火をつけた。

リホが一服吸い入れ、軽く息を止める。間を置いて、濃い煙が吐かれた。

「……俺が子供のころはもう少し物騒でな。森にはパルチザンの森の兄弟が潜んでいて、俺の両親はひそかに彼らに食料をわけ与えてたもんだ。俺はときおり森のなかに使いに走らされて、食料だのなんだのを届けていた。森に潜んだ連中はたいそう俺をかわいがってくれてね」

で、とリホが言いにくそうにつづけた。

「俺は大きくなったら農民かなんかをやりながら、やつらを支援するもんだと思ってた。だが、あるとき村に知らん大人がやってきてな。俺に、森の兄弟の居場所を教えてくれって言うのさ。それが内務人民委員部《NKVD》の男だと知らず、俺は言われるがままに場所を教えちまった」

「それで――」

どうなったの、とつづく言葉が呑みこまれた。

その先は、子供のラウリにも想像がついた。

「こんな話をしてくれるやつなんか、これまでろくにいなかったろう?」

リホは自嘲すると、煙を輪っかにして吐き出した。

「この国でまっすぐ生きるのは難しい。まっすぐ生きたいと思ったら、多かれ少なかれ、ロシア人連中の言うことを聞かなきゃならんからな。だが、少なくとも無知は罪だ。俺は要するに、無知だったんだ。この国で、光のある道を生きろとは言えない。だからせめて、おまえさんはまっすぐ、したたかに生きてくれよ」

のちのラウリのことを考えると、このときのこの助言は酷であったかもしれない。が、リホの考えはラウリに伝わったし、ラウリもそれを重く受け止めた。

四年生のすべての学期が終わり、長い夏休みに入った。

村で夏至祭の準備がはじまるなか、ラウリは三角ブランコのある村はずれの林に向かった。一人で考えごとをしたいときに、しばしば訪れる林だった。

学校が終わったので、ＫＹＢＴにはもう触れられない。

かわりに、棒きれを拾って地面に簡単なプログラムを書いた。

プログラムは奥が深い。現に、これまでは流れる星空を描けることもわからなかった。でも、いまはそれもできる。もっと、もっといろいろなことができるはずだ。

――もっといいプログラムを書くんだ。

――もっとすごいものを組んで、技術を突きつめたとき……。

解明するんだ、とラウリは思った。それはあたかも、ラウリの外から飛びこんできたような考えだった。

――そうだ、解明する。

――人がなぜ死ぬかも、どこへ行くかも……。

それから、ラウリは棒きれで太陽系を描いた。

自然科学の授業で教わったこと――地球は丸くて空中に浮かんでいて、その周りを月が回る。天体と天体のあいだには、重力という力が働いている。

地球を指して、線を引いて想像のロケットを飛ばす。

ロケットはそれぞれの天体の重力で、微妙に蛇行する。だから、プログラムでそれをやるには――。

「だめだ」

と、独り言が漏れる。

全部の天体の重力を一緒に計算しようと思ったら、マシンパワーが足りない。計算できないわけではないが、遅い、かくかくした動きになってしまうだろう。

それなら、どうしたらよいか？

ラウリは自分の考えにすっかり夢中になっていた。だから、自分の前に立つ影に気がつかなかった。

「円を描く」

突然、頭上からロシア語で声をかけられ、ラウリはきょとんと見あげた。

同い年くらいの少年が、ポケットに手を突っこんでラウリの図を見下ろしていた。

「惑星の周囲に見えない同心円をたくさん描く。それでどうだ？」

こういうことだ。まず、宇宙空間に見えない線を引く。そしてロケットがその線をまたいだ際に、受けた重力を計算する。

少年が向かいに屈みこみ、棒切れで地球と火星の周りに円を描いた。

ラウリは棒を手に、もう一度軌跡を描いて架空のロケットを飛ばしてみた。

「線に触れたとき、それが地球のものなのか火星のものなのかわからないね」

「そうだな」と少年が答える。

「色を変えよう。線は目に見えないようにパレットをいじるけれど、地球と火星とで、カラーコードを変えておく。だから、どの色にぶつかったかで、どこからの重力を受けたかわかる」

「うん」

少年が満足そうに頷いた。

「それがいいね」

それからラウリは少年の顔を見てまばたきした。

自然に話しかけられたから、自然に答えてしまった。でも、こんなこと、これまで誰とも話したことがなかった。

話したくても、話すことができなかった。なぜだか動悸がした。

「きみは?」

「イヴァン」

少年が答えて、右手を差し出してきた。

「きみがラウリ・クースクだね。村の人に居場所を聞いたよ」

「イヴァン」——イヴァーノフ・クルグロフ?

つづく言葉はいらなかった。訊くまでもなく、ラウリはすでにそれを感じ取っていた。

「どうしてこの村に?」

「きみに会いに来た」

イヴァンが短く答えた。

「それから訊きたいこともある。この村には小学校までしかないだろう。今後、きみはどこの中学校に入るつもりだ?」

「タルトゥのロシア系の中学校だけれど」

「ロシア系の学校ならぼくでも大丈夫だね。わかった。ぼくもそこへ行こう。きみとだったら、きっとこの灰色の世界も色づくだろう」

イヴァンはそう言うと、棒切れを放って立ちあがった。

それから、視線を三角ブランコのほうに向ける。

「あれに乗ってみたいな。——ラウリ、つきあってくれよ」

＊

同年、共産党による権力の独占に抗い、エストニア人民戦線が発足した。

そして六月、タリン市の歌の祭典場で夜を徹しての集会が行われた。

当局の許可を得ていないこの集会で、人々は共産党員の交替を求め、禁止されているエストニアの青、黒、白の三色旗をはためかせた。カルル・ヴァイノ第一書記は戦車の出動を要請したが、この要請はゴルバチョフによって却下された。

世に言う〝歌う革命〟は、すでに後戻りのきかないところまで来ていた。

＊

新学期を前に、ラウリは父のお下がりの大きな鞄《かばん》を持ってタルトゥの寮に入った。

そこはソビエトらしい規格化された建物で、一階部分はエメラルドグリーンに塗られ、二階より上は煉瓦が剝き出しになっていた。せり出したひさしに、切れた蛍光灯がいくつか。エントランスに入ると二階へあがる階段があり、その脇に生徒たちの自転車が置かれていた。

部屋は二人部屋で、ウルマスという七年生の生徒が先客だった。頑丈な鉄製の脚のついたテーブル、裸電球、鉄パイプの小さなベッドなどが目に入る。部屋の隅には、エレキギターやヨガカーペットといったウルマスの私物があった。

窓から外を見ると、信号待ちで鈴なりになった車と、規格化された集合住宅が二棟見える。ぺらぺらのカーテンは花柄で、窓の下にはセントラルヒーティングの暖房がある。

ウルマスは学校のない村の出身で、一年のときからこの寮にいるらしい。

「案内してやるよ」

と、ウルマスが手招いて廊下に出た。

廊下は天井が低く、通路が狭い。どことなく迷宮のようでもあった。壁は上半分が白に、下半分が緑に塗られている。

まず、共用のキッチン。白いオーブンつきのコンロが二つと、三つ並んだステンレス製の小さな流しがある。テーブルにはブルーベリーの茶やパスタ、砂糖や塩など。

壁のタイルは一部剥がれていて、ウルマスがその箇所に触れて自嘲的に笑った。

換気口の鉄の蓋が外され、長机に置かれ、不届き者の灰皿がわりになっている。

シャワー。五つあるが、そのうち使えるのは三つで、さらにそのうち一つは電気が壊れているという。ジム。だだっ広い空間にベンチプレスの器具が一つだけ置かれている。

すぐに、一周して元の部屋に戻った。

ウルマスがギターを手にベッドで脚を組んだ。

「ピックがないな」

ウルマスはそう言うと、ポケットからコペイカ硬貨を出して弾いた。アンプはないらしく、素のままの弦の音だ。そのまま、つぶやくようにウルマスが一曲歌った。

俺たちはあいつらの望む通りに歌を歌い、
俺たちはあいつらの望む通りに生きる。
お上《かみ》のテロルに用心しながら、
俺は言ってやる、おまえに言う、管理から抜け出せと。

思わぬ過激な歌詞に面食らって何も言えずにいると、

「ペレストロイカのおかげさ」

とウルマスが片目をつむった。ミハイル・バラジヒンというミュージシャンの曲で、少し前に流行《はや》ったとのことだった。

「それはロック?」

「知ってるのか?」

「友達の不良神父から教わってね——」

リホから教わったロックをいくつか挙げる。どれも、音質の悪い肋骨レコードで聴いたものだ。話がわかるなとばかりに、ウルマスが眉を持ちあげた。

——よかった。

ラウリは胸を撫で下ろす。ルームメイトの先輩は、ちょっと怖いけどいい人そうだ。

「そうだ」

とここでウルマスが人差し指を立てた。

「下の階、二一四号室にイヴァンっていう編入生がいる。ラウリってやつを待ってるそうだ。それ、きみのことだろ」

イヴァン!

ラウリがそわそわしはじめたのを見て、行ってこいよ、とウルマスが戸口を指した。そこで促されるままに木のドアを開き、下への階段を探した。

イヴァンとは村で会って以来、文通をしていた。

同じ中学校へ来るというのは本気であったようで、イヴァンは手紙でラウリの進学先を確認すると、転入の手続きが済んだと伝えてきた。それで、ラウリもイヴァンと会えるのを楽しみにタルトゥまで来たのだった。

学校に来るのが楽しみというのは、はじめてのことだ。

――友達が学校にいるって、こんな気持ちなんだ。

階段を下り、二一四号室の扉を探す。あった。部屋番号の下に、鉛筆で描かれた宇宙人の落書きがある。ノックをすると、イヴァンが顔を出した。

「ラウリ！」

すぐに入ってくれとイヴァンが言うものの、室内にはほかに同室の生徒がいる。

――どうせまた授業でも会えるだろう。

気兼ねして立ち去ろうとしたところ、イヴァンに手を引かれた。

部屋の形や家具はラウリの部屋と変わらない。ベッドの上に座らされ、同室の少年を紹介される。

話しはじめると、止まらなかった。

なんの話をしてよいかわからず、どぎまぎしたのは最初の一瞬だけ。それからは、イヴァンと話したいことがとめどなく湧いてきて、止められなかった。

ときおり訪れる沈黙も、イヴァンが相手だと心地よく感じられた。

同室の彼が気になったものの、物静かなタイプなようで、微笑を浮かべてラウリたちを見守っているので助かった。

やがて食事の時間が来た。

「ここのごはんはなかなかおいしいんだ。一緒に食べようよ」

とイヴァンが言うので、つれだって食堂へ行った。並んでトレイの夕食を受け取り、空いている席を取る。献立はパンとシチューがあるほか、野菜のピクルスにディルの葉とサワークリームがついていた。食事の最中も二人で話しつづけた。夢の中にいるみたいなふわふわした気持ちがした。自分が誰かとこんなに喋るところなんて、想像もつかなかった。

食後、今度はイヴァンがラウリの部屋を訪れた。

ウルマスはすでに食事を終え、ベッドで脚を組んでギターを弾いていた。ウルマスは眉を持ちあげて挨拶のかわりとし、二人のうしろでアルペジオを奏でた。

ラウリは家から持ってきたノートをイヴァンに見せた。

ＫＹＢＴに触れる時間は限られているので、それ以外の時間、プログラムを検討したり書きつけたりしたノートだ。ラウリ以外には暗号の羅列でしかなかったノートを、イヴァンはよく理解し、ところどころ助言してくれたりもした。

先ほどのイヴァンの部屋と異なるのは、ときおり、

「まるで異星人の話だな」

「授業以外でそんな話をするのか」

といった茶々をウルマスが入れてくることだ。でも、茶々は入れてくるけれど、それは理解できない人間を遠ざけるようなものとは違い、温かな眼差しが感じられた。

しばらく話したところで、また明日ということになった。

「きみに友達がいてよかった」

イヴァンが出て行くのを見届けてから、ウルマスがそんなことを言った。

「ほら、俺たちの多くは一年のころからここにいるけれど、きみは編入生だからね……。だから、仲間外れになってしまわないか心配だった」

それから、ウルマスはギターを置くとポケットから煙草を出して一本口にくわえた。

「一服喫《す》わせてもらうよ。と、俺が喫うってことは黙っててくれよな」

六年生の授業がはじまると、ウルマスの言った意味がわかった。

確かに皆、仲がいい。ボフニャ村の学校と違うのは、授業中、ひそひそと話す声が多いことだ。それでいて、教師に当てられればちゃんと答える。ラウリやイヴァンに対し

ては、避けたりはしないまでも、どう接していいのかつかみかねるような、そういう雰囲気が感じられた。

消しゴムが小さくなってきたので、意を決して、消しゴムを貸してほしいと周囲に頼んだ。が、タイミングが悪く、ちょうど皆の注意が別の何かに向いていて誰にも聞こえなかった。意気消沈して、ラウリは小さくなった消しゴムを使いつづけた。

同じ編入生でもイヴァンは違った。

休憩時間、イヴァンは皆の前に立つとロシア語の教師の物真似をはじめて、しかもそれがいい具合に特徴をつかんでいるものだから面白い。たちまちイヴァンは人気者になり、皆に溶けこんでしまった。

このときラウリが感じたのは恐れだった。つまり、イヴァンはもう自分の相手なんかしないで、皆と仲よくなるのではないかと。けれど昼食の時間には、イヴァンは変わらず隣の席にやってきて昨晩と同じように話しはじめるのだった。

午後になり、待ちに待った情報科学の時間が来た。

この学校で使われるコンピュータはボフニャ村と同じくКУВТで、これはホルゲル先生があらかじめ調べてくれていた。最初の情報科学の時間なので、イヴァンと示しあわせて、それぞれちょっとした映像作品を作った。

ラウリは花火のデモ。

対して、イヴァンが降りしきる雪のデモだ。

これが狙い通り皆を驚かせ、二人がＫＹＢＴコンペティションに応募するつもりだとわかると、先生も、今後ＫＹＢＴの時間は自由にプログラムを組んでよいと許可を出してくれた。

この時間、二人には新たな友人ができた。

クラスの女子、カーテャ・ケレスだ。ラウリたちが技術を誇示するようなプログラムを組んでいるあいだ、カーテャはプログラムこそ書かないものの、ＫＹＢＴを使ってきれいな船の絵を描いていた。

ラウリはふとそれを目に留めて、

「その絵はすごい！」

と叫んだ。ラウリは引っこみ思案なわりに、ＫＹＢＴのこととなると見境がないところがあった。どれとイヴァンも注目して、

「船の絵だな。そんなにすごいのか？」

誰が見てもわかると思ったので、イヴァンのこの反応にはびっくりしてしまった。

「もちろん。少ない色数で、よく表現されてる」

「ふうん」

とイヴァンは納得したように小刻みに頷いた。

「そうだ、ねえ、きみ。その船の絵、動かしてみないか？」

イヴァンはカーテャにそう提案すると、教室のネットワーク経由でデータをもらい、まもなくして船を動かす簡単なゲームを作ってしまった。

自分の絵がゲームになると思わなかったカーテャはすごいと喜び、ＫＹＢＴの絵はほかにもあるからそれも動かしてみてほしいと言う。

それなら、とイヴァンが口を開いた。

「ぼくは絵が苦手なんだ。次のコンペティション、きみがかわりにキャラクターを描いてくれないか」

「もちろん。そんな楽しそうなこと、やるに決まってるじゃない！」

こうして新たなチームが生まれた。

カーテャはラウリたちのあいだにまったく自然に入ってきた。昼は三人で食べたし、ラウリとイヴァンが「異星人のような話」をしているあいだも、カーテャは臆することなくそこにいて、静かにラウリたちの話に耳を傾けた。

次第に、あの三人は何をするにも一緒、という空気が生まれた。

タルトゥ観光をしたのは、そんなある日のことだ。せっかくタルトゥ市に来たので観光をしてみたいとイヴァンが言い出し、タルトゥ生まれのカーテャが案内を申し出た。

タルトゥは国内の第二の都市だ。

第一の都市が首都のタリンで、タリンが政治的首都だとすると、タルトゥ大学を擁するタルトゥは文化的首都のような位置づけとなる。

そこで、まずは国内の優秀な学生が集う大学、タルトゥ大学を見に行った。

「建物が全体的に新しいな」

行く道でそう口にしたのが、古都レニングラード出身のイヴァンだ。

カーテャがそれに答えて、

「このあたりの街は一度焼失してるみたい。だから、古い建物が少ないんだろうね」

大学に着いた。背後が大きな公園になっていたので、三人でそこに入った。

全体が小高い丘になっていて、カーテャによると、かつては侵略者を防ぐ要塞になっていたとのことだ。しんとしており、風に乗ってわずかに鳥の声がした。

木が多く、ラウリはボフニャ村の森を少しだけ思い出した。

この近くに願いが叶《かな》う橋がある、とカーテャが言うので三人でそれを目指した。

カーテャの言う橋とは丘の近くの二つの陸橋、天使の橋と悪魔の橋のことだった。まず大通り沿いの天使の橋が見つかり、次に少し歩いて、コンクリートの悪魔の橋が見つかった。

悪魔の橋が見つかると、イヴァンはすぐにその手すりに飛び乗り、上に立って飛行機みたいに両手を広げた。

「三人がいつまでも仲良しでいられますよう！」

つまりそれが、イヴァンの願いごとだった。

これを聞いて、ラウリはなんだか打たれたみたいになってしまった。橋の上に突っ立って、手すりのイヴァンを見あげるうちに、身体のなかを温かい何かが駆け巡った。はじめての感覚だった。ややあって、やっとその正体がわかった。

ラウリを襲った感覚、それは居場所があるということだった。

いつまでも手すりの上にいるイヴァンを引っぱり下ろしたところで、

「夏になったら別荘《ダーチャ》へ行こう」

とカーチャが口にした。

「大きな家じゃないけれど、でも夏に家族で行くのが楽しみで。今度は、この三人で行ってみたい。ダーチャで合宿して、みんなで森や湖で遊びたい」

それは素敵なことに違いなかった。

それから願いごとのことを思い出し、ラウリは心中で祈った。

――モスクワの大学に行けますように。できることなら、この三人で。

*

この年の十一月に開催されたKУBTのコンペティションには、ラウリ、イヴァンともに作品を応募している。いずれも、放課後に彼らがノートに書きつけ、短い情報科学の授業中にそれを入力したものだ。

この回、二人が追求したのはどちらも映像表現だった。

ラウリの作、『重力《Гравитация》』は横スクロールシューティング風の外見。狭い画面のなか、大量の敵の弾と光線が行き来する、その弾や光線をかいくぐるゲームだ。

主人公は弾を撃つことができず、かわりに重力を操作する。周囲に重力を発生させると、敵の弾が引き寄せられるかわりに、光線を曲げて回避することができる。

これは、自然科学の授業で習ったアインシュタインの話を発想の源としたものだ。

背景部にあるアーチ橋は、イヴァンやカーテャとともに訪れた悪魔の橋だ。

イヴァンはこの作をとても気に入ったが、一等に入選したのはイヴァンの作だった。

イヴァンの作は自動車のレースゲーム。ゲーム自体はありふれた自動車のレースで、上空から見下ろしたサーキットが舞台となる。色とりどりの車はカーテャがデザインしたものだ。

が、この作の試みは、ゲームとは別のところにあった。

イヴァンの試みはスムーズスクロール。

画面をスクロールさせるのが苦手なKYBTで、滑らかに背景をスクロールさせようというのだ。実際、イヴァンのプログラムはこの点においてよく動いた。画面に表示されるサーキットは、ダイナミックに、上下左右にドット単位でスクロールする。

それはKYBTを与えられたプログラマなら一度は試みる、けれど難しくて実現できない、そういう類いの試みだった。

ラウリはイヴァンの試みをノートの段階から知っていたが、いざ動いているのを見たときは、やはり衝撃を受けたようだ。

ふたたびラウリの作が三等、イヴァンの作が一等となった。

この年には賞品が用意されており、三等は変わらずにメダルであったが、一等は誰もがほしいと願うもの、KYBTの本体であった。このコンペティションでイヴァンはKYBTを獲得し、それを寮の部屋に置き、ラウリもプログラミングができるようにした。

これにより、二人の技術はさらに加速していく。

ところで、ラウリはイヴァンの作に打ちのめされたようだが、実際のところ、イヴァンもまたラウリの発想によって衝撃を受けていた。コンペティションの審査員は気に入らなかったかもしれないが、光線を曲げるという発想はイヴァンにとってまったく新しいものだった。

イヴァンもまた、ラウリを認めていたのである。

――このころ、首都のタリンでは禁止されたエストニアの三色旗がいたるところで掲げられた。隣国のラトヴィアやリトアニアでも、数万人規模の大規模な集会が開かれた。バルトの三つの国すべてを、革命の機運が覆っていた。

首都タリンの歌の祭典場で催された大集会には、エストニアの全人口の四分の一にあたる二十五万人が集まり、声をあわせて合唱した。

ソ連で共産党以外に活動を許された最初の政党、エストニア民族独立党が生まれた。一九八八年十一月十六日、エストニア最高会議は「主権に関する宣言」を行い、共和国の法律が連邦法に優先すると主張した。リトアニア、ラトヴィアもそれにつづいた。

もちろん誰もが、いずれソ連の戦車がやってきて運動をつぶすことを恐れていた。が、それ以上に、熱狂があった。占領されつづけた民の、静かな誇りと怒りとがあった。

翌年三月の選挙で、エストニア人民戦線の支援を受けた候補者が圧勝した。五月にはバルト議員会議がタリンで開かれ、ついで、エストニア、ラトヴィア、リトアニアが閣僚レベルで連携するバルト評議会が発足した。評議会は定期的に会合を開き、三国の立場を世界に発信するための決議を採択した。

そして一九八九年八月二十三日、二百万人もの人々が手をつないで三国の都市を結び、六百キロメートルにわたる人間の鎖を形作った。

歴史はすでに動き、そのうねりはラウリたちの喉元にまで迫っていた。

＊

一年が過ぎ、三人は七年生になった。

イヴァンのKYBTを借りられるのは夕食後の一時間。おのずと、この一時間を中心に一日のルーチンができた。放課後、夕食までは日々の勉強。夕食後にKYBTを借りる。一時間経ったら交替で、今度はイヴァン自身がKYBTを使う。

一時間では短いようだが、勉強もあるのでこんなところだ。

ラウリは交替したあとも部屋に帰ることなく、イヴァンの横につききりになることが多かった。イヴァンと離れたくないからだが、イヴァンのプログラミングを直接見ることになるこの習慣は、ラウリ自身の技術力を大幅に向上させた。

今度こそイヴァンに勝つつもりでラウリが開発したのは、3Dのレースゲームだ。表現力の貧弱なKYBTで、あえて立体的な表現をしようというものだ。このコンペティションで、ラウリがイヴァンを超えるために導入したのは、新しい乗算だった。KYBTは乗算ができず、やろうとしても時間がかかる。これがプログラマたちの頭痛の種で、皆、それぞれに工夫した自前の乗算ルーチンを持っていた。

ラウリが実装したのは「本当に速い」乗算であった。簡単に言うと、$ab=((a+b)^2-(a-b)^2)/4$であることを利用し、あらかじめ二乗の計算結果を持っておく。この計算結果のテーブルが、一キロバイトほど。このように小さなテーブルを持つだけで、高速な乗算ができるというわけだ。

ラウリがこの乗算をプログラミングしているのを見て、イヴァンは悔しそうに顔をしかめた。

同じKYBTでプログラミングしているので、二人の技術は共有される。でも、コンペティション向けのものは、コンペティションが終わるまでは考えた人のもの。それは、阿吽《あうん》の呼吸でそうなっていた。

この回は、カーテャもコンペティションに参加していた。

彼女も普段からラウリやイヴァンと話しているので、おのずと興味もそちらに向くし、最良の教師が二人もいた。子供なので吸収も速い。すでに簡単なプログラムはできるようになっていて、このとき彼女が投じたのは、素数を数えあげるプログラムだった。

が、やはりこの回もイヴァンだった。

イヴァンが作ったのは、歌うコンピュータだった。

三音の電子音しか鳴らせないKYBTを、人間のように歌わせようというのだ。実際には、流れるのは一分程度の曲。でも、それは確かに歌った。曲はラフマニノフの「ヴォカリーズ」から、歌の部分を抜き出したものだった。

結果は、ラウリが二等で、イヴァンが一等。イヴァンの一等がつづいたせいか、あるいはKYBTを賞品にするのは大盤振る舞いすぎると判断されたのか、この年から、一等賞品はふたたびメダルのみに戻った。

二人の違いは明らかで、乗算というラウリの工夫が、プログラムをやる側にしかわからないのに対し、コンピュータに歌わせるというイヴァンの工夫は万人に伝わるものだった。この年審査員を務めていたライライ・キュイク教授は、寮を訪ね、ラウリとイヴァンの二人を激励して帰っていった。

しかしそれよりも、皆のあいだで持ちきりになっていたのが、ベルリンの壁崩壊のニュースだった。同室のウルマスなどは興奮して新たに曲を一つ書いていたし、とにかくこの件はなんらかの感情を誘発するようで、色めき立つ者や沈鬱な面持ちになる者とさまざまだった。

ラウリはというと、憂鬱を感じる側だった。

嬉しくないのかとカーテャに問われ、ラウリはこう答えた。

「……国をまたいでイヴァンに出会えたのはソビエトがあるおかげだし、情報科学を学べるのもそう。将来はモスクワへ行きたいし、体制が崩れるかもしれないっていう想像は、ぼくには怖いよ」

カーテャは何か言いたげであったが、彼女もそれ以上は何も言わなかった。


一日のなかでラウリが一番好きなのは昼休みだった。

それはもちろん、イヴァンやカーテャと話ができるからだ。空いた時間、ラウリはほとんどいつでもこの二人と一緒にいた。もしかすると、七年生のこの時期が、ラウリにとってもっとも幸福な季節であったかもしれない。

年末の冬休み、ラウリはイヴァンにあてて一通のラブレターを書いた。

性の揺らぐこの少年期、ラウリが最良の友人に対してこうした思いを抱いたのは自然なことであったかもしれない。ラウリはボフニャ村の森をイヴァンにたとえ、一編の詩を書いて手紙に添え、そしてそれを出さなかった。

出さなかったが、寮の机の上にそれを置いておいたところ、同室のウルマスが誤ってそれを読んでしまった。

一読したウルマスは、見なかったことにすることもできたろうが、

「すまない」

と正直にラウリに打ち明けた。

「手紙を見てしまった。そのつもりはなかったんだが、机の上にあったものだから」

ラウリは赤面し、うつむいてしまった。

「それで、余計なお世話だとは思ったんだが、俺なりに手紙の意味をいろいろ考えた。一つだけアドバイスさせてくれ。これは送らないほうがいい。胸の内に秘めておくのがいいだろう」

ラウリは自分の感情がまるでわからなかった。

ボフニャ村にいたころと比べると、毎日が楽しい。何より安心して学校に行くことができる。でも、イヴァンはカーテャのことが好きに違いない。そう思うと、甘苦しいよ

うな鋭い痛みが襲った。

　イヴァンのこともカーテャのことも好きなのに、どうしてこういう気持ちになってしまうのだろう。

　手紙はしばらくしまわれたままになっていたが、あるとき、ラウリは衝動的にイヴァンにそれを手渡してしまった。翌日、イヴァンは無言で手紙を返してきた。

　手紙こそ返されたものの、このとき、イヴァンはラウリに水晶の贈りものをした。

「ごめんね、手紙はよくわからなかった。かわりに、ぼくの気持ちとしてこれをあげる」

　水晶の欠片《かけら》はイヴァンがレニングラードからお守りがわりに持ってきたものだった。

　ラウリはこれを大切に受け取ると、以降、肌身離さず持ち歩いた。

　革命の機運は首都のタリンだけでなく、教育都市のタルトゥにも届いてきていた。

　人々は金がなくとも活き活きしていた。目はぎらついていて、道を歩いていてもエストニアの三色旗を見かけることが増えた。

　ロシア人のイヴァンにとっては、厳しい季節の到来でもあった。

　こんなこともあった。いつもの三人で、書店の文具コーナーでノートを買ったあとだ。店を出ると、酔っ払った小父《おじ》さんがじろじろとイヴァンのことを見る。気のせいかと思ったがそうではない。次第に気持ち悪くなってきて、さっさとその場を離れようということになった。

そのとき、小父さんがぼそりとこんなことを言った。

「俺たちの国から出て行け」

このせいで、イヴァンはすっかりしょげてしまった。普段明るいカーテャもかける言葉がない。こんな意地悪のせいで、イヴァンは一日嫌な思いをしなければならないのか。そう思ったとき、口を衝《つ》いて出た。

「ぼくの友達に謝れ」

小父さんは何を言われたのかわからない顔だったので、ラウリはもう一度言った。

「ぼくの友達に謝れ！」

「もういい」

イヴァンがラウリの手を引いてその場を離れようとした。小父さんが仏頂面を崩さないので、ラウリは腹が収まらず前に出ようとする。

「もういいんだ！」

イヴァンがラウリを両手で押しとどめ、その場から離した。それからしばらく、三人とも無言だった。街に雪がちらつきはじめた。

寮への帰り道、カーテャがラウリの手を握った。反対の手をイヴァンが握った。それでようやく、悔しい思いがほどけていった。雪は夜のあいだも降りつづけた。


七年生の全学期が終わり、夏休みに入った。

この夏、カーチャの家の別荘《ダーチャ》へ行くという話が実現した。ダーチャとは週末や休暇を過ごすコテージで、政府から割り当てられた土地に家を建てたものだ。多くは家庭菜園を持っていて、夏に野菜やハーブを育て、冬に向けて保存食を作る。

タルトゥの近くの湖畔にあるとのことで、三人でバスを乗り継いだ。

家が見えただけで歓声があがった。ダーチャといえば手作りの粗末な家が多いなか、カーチャ一家のそれはだいぶちゃんとして見えた。

木の二階建てだ。壁は黄色で、玄関の前に緑色に塗られたテラスがある。小ぶりの窓がオレンジ色の窓枠に嵌まっていてかわいらしい。

玄関の前には、野生のタイムが花を咲かせていた。

二階部分にはバルコニーが一つ。それに面して、日当たりのよさそうな部屋がある。

荷物を置いて、三人であたりを歩いてみることにした。

未舗装の道の左右に花が咲き、低い雲が二つ三つあるほかは晴れている。人気はなくしんとしていて、空気がおいしい。イヴァンが両手を突きあげて大きく伸びをした。

「湖が見たいな」

「いま向かってるよ」

カーテャが答えて、イヴァンとラウリの二人を先導する。

歩きながら、あの立派な家は誰が建てたのかという話になった。

「お祖父《じい》さんとその仲間たち。家ができたばかりのころ、仲間たちみんなでお祝いして、わたしもその場にいてね。そのときもこの道を通って、みんなで湖へ行った」

「仲間たち？」

ラウリが訊ねると、しばし、奇妙な間があった。

「お祖父さん、元パルチザンで、森の兄弟だったの。仲間っていうのは、つまり、そのころの仲間。だから家作りとかはお手のものでね。ちなみに、お父さんはエストニア人民戦線の幹部。それで、あまり家には帰ってこないけど――」

でも、国のために戦ってる。

カーテャがそう言うのと同時に、林を抜け、湖に出た。湖畔に釣り人が一人いて、古い車を一台停めている。小さなベンチやブランコ、滑り台があった。

水面《みなも》は静かで、ちらちらと光を反射して瞬いている。

林の向こうから動物の声がして、

「鹿だ」

とイヴァンがそれに反応してきょろきょろと探した。

今日のところは戻ろうという話になり、三人でダーチャに戻り、夕食の準備に入った。

ラウリが肉の缶詰を持ってきていたので、家庭菜園からキャベツを一つもらって皆でスープを作る。

キャベツと肉のスープにサワークリームを添えて、イヴァンが持ってきた黒パンをわける。これで、簡単な夕食ができた。

お茶はダーチャに置いてあったものを淹れる。

皆と食卓を囲み、一滴だけ、ラウリはお茶を床に垂らした。精霊のわけまえだ。

それから、ラウリはこんなことを訊ねた。

「カーテャのお祖父さんは元パルチザンで……そして、お父さんはエストニア人民戦線。つまり、愛国者だよね。どうしてカーテャはロシア系の学校に入ったの?」

三人が入っている学校は、ロシア語で教えるロシア系のものだ。

ラウリがそれを選んだのは、将来モスクワの大学に行きたいから。ラウリについてきたイヴァンも、ロシア系の学校でなければついてはこれなかったろう。

でも、タルトゥの学校には、地元のエストニア語で教えるものが多くある。

「お父さんも悩んだみたい。でも、ロシア系のほうが将来の選択肢が増えるからって」

「ふうん」

「ラウリの家は？」

「お父さんは機械技師。本当は、物理学者になりたかったみたいだけど……」

「KYBTに詳しいのはお父さん譲りなのね」

日はすっかり暮れている。

ランプで伸びた三人の影が交わり、その動きにあわせて食器の音がする。

「うちはレニングラードの共産党員」

イヴァンが言いにくそうに口にした。

「ぼくがタルトゥの学校に簡単に入れたのも、親が共産党員だったからみたいだ」

「共産党員。悪いことではないだろう」

「人々が苦しいのに、いい車に乗って、いいコートを着ている。特権もいろいろある。ぼくには、それがなんだか矛盾しているように思えてね……」

イヴァンが黒パンをちぎりながら、バターがあればよかったねとつづけた。

ラウリは生返事をしながら、パルチザンの孫娘と共産党員の息子が同じ食卓でスープを飲んでいる不思議さを思った。それはいかにもソビエトらしい光景という感じがした。

食事を終え、三人は二階の寝室に向かった。二つある寝室のうち、カーテャが一つを使い、ラウリとイヴァンがもう一つを使う。寮の部屋は別々だから、イヴァンと同じ部屋でベッドを並べて眠れるのがラウリは嬉しくて仕方がなかった。

寝しなに、イヴァンがふと改まったように、

「なあ、ラウリ。実は……」

と何かを言いかけ、それから、「なんでもない。おやすみ」と口をつぐんだ。

翌朝、暖かな光が降り注ぐなかラウリは目を覚ました。イヴァンとカーテャはすでに起き、一階で談笑していた。ラウリが起きてきたのを見て、

「イヴァンとベリーを採ってきてよ。わたしはお茶を淹れるから」

とカーテャが言うので、イヴァンと二人、外の林へ出て行った。

林の底には赤や青のベリーが密生し、太陽の光を浴びてきらきらと輝くようだった。鳥の声がした。イヴァンとたっぷりベリーを採って戻ると、紅茶が入っており、それとベリーとで朝食がわりとした。

食べながら、今日どうするかを話しあう。

このダーチャでは、何はなくとも食料の確保。なので、昼に釣り道具を持って湖へ行

くこととなった。昼までは、庭で餌のミミズを捕り、夜に食べるビーツを収穫した。

庭で作業をしていると、だんだんと自分と世界の境界があいまいになってくる。自分が自然で、自然が自分だという気がしてくる。ときおりイヴァンやカーテャが話しかけてくるときのみ、ピントがあうみたいに自己の焦点があう。それがまた、徐々にぼやけてくる。

しばし、ラウリは日のもとでその感触を楽しんだ。

それから、二階にあった釣り道具を持って、三人で湖に向かった。晴れの日だった。湖畔でボートを借りて、湖上で釣りをやることにする。風はほとんどなく、湖面は凪《な》いでいる。そこに釣り糸を垂らすと、ちらちらと瞬く水面が脳をくすぐった。

釣り糸を垂らしながら、将来何になるかという話になった。

カーテャはアクセサリーや雑貨のデザイナーになりたいと言い、ラウリに水を向けた。

——この国は、努力さえすれば誰だってなんにでもなれる。

いつかかけられた言葉が蘇った。昔それを聞いたころと比べ、「この国」はだいぶ脆《もろ》いもののように感じられる。それでも、将来を信じる気持ちはあった。

何を将来したいのかと問われれば、もちろん、プログラミングの関係だ。

でも、新しい技術のこと。どのような職業がありうるのか、ラウリにもよくわからなかった。それで思い出したのが、ライライ・キュイク教授の存在だ。ライライみたいになりたい、とラウリはこのときはじめて思った。

ラウリがそう言うと、

「あの先生はいい先生だよね」

とイヴァンが答えて、

「思うんだけど、生きるってのは人とのかかわりあいだよね。こうやっていろんな人と出会って、感情が交錯して、だからこそ、この世は水晶みたいにきらめいてる」

「うん」釣り竿をかまえたままラウリは頷く。

「だからぼくは、人と人とをつなぐような仕事をしたい。それがなんなのかは、まだわからないのだけれど……」

イヴァンの話が、心地よい音楽のようにすっと入ってくる。

この日のことは忘れない。なぜだかわからないけれど、ラウリはそう思った。

ここでカーテャと二人同時に魚がかかった。あまり魚が人を恐れないのか、面白いように釣れる。釣れたのは、主に小魚のモトコクチマスだ。白身魚でおいしいとカーテャが言う。食べきれないくらい釣れてしまったので、小さいものは湖に返した。

思いのほか早く魚が釣れたので、ボートを返して林で杏茸《あんずたけ》を採った。

夕食は魚の塩焼きにビーツを添えたものと、茸とサワークリームのサラダ。

食後、星を見ようと三人で庭に出たらハリネズミがいた。ハリネズミは三人を見てシュー、シューと威嚇して、それから丸くなってしまった。

「昔、ハリネズミでお祖父さんと喧嘩《けんか》したことがある」

とカーテャが思い出話をした。

「パルチザンとして森に潜んでたとき、ハリネズミを食べたそうなのね。貴重な蛋白源《たんぱく》だってことで。でも、わたしはハリネズミがかわいそうで、それで――」

ハリネズミを食べるな、と喧嘩になったということだろう。

イヴァンが星の瞬きはじめた空を指し、しばし、三人で星を眺めた。

海の匂いがする、と思った。

*

ボフニャ村の取材を終え、わたしはヴェリョとともにタルトゥに向かった。

ラウリたちの通った学校はまだある。タルトゥの中心部、市庁舎から十五分ほど南に歩いたところ――車のディーラーが二軒並ぶ向かいの、煉瓦造りの学校だ。

背の高い並木の下を、ポメラニアンをつれた婦人が歩いていた。

学校を訪れたわたしは、まず卒業生名簿を見せてもらった。

ある。卒業生のところに、ラウリ・クースクの名があった。

わたしはラウリ・クースクについて追っているジャーナリストであると名乗り、当時を知る者がいないかと訊ねたが、ほとんど退職してしまっていないという。

学校をあとにしたわたしは、その近くにあったソビエト時代の部品工場跡地を訪れた。

かつての工場は、カフェやレストラン、ブティックなどに改装され、洒落《しやれ》た街並みに生まれ変わっているようだ。

こうしたソビエト時代の痕跡は、もちろん、この国のいたるところにある。

ラウリたちがダーチャを訪れた一九九〇年の夏、すでに選挙ではエストニア人民戦線が圧勝し、独立への動きは制度内に組みこまれていた。その前の年には、エストニア語を公用語とする言語法も採択されている。

が、こうした動向には、当然反動もあった。

少数民族として国内に残されたロシア人である。

彼らは自分たちの意向が多数派によって無視されていると批難し、やがて、エストニアが従来通りソビエト連邦に留まるべきとする運動が起こった。インターナショナリズムの運動ということで、この運動はインテルフロントと呼ばれた。

ソビエト当局がこれを支持したため、インテルフロントは活発に成長した。

一九九〇年五月には、暴徒化したインテルフロントが最高会議の建物に侵入しようとして、集結した市民によって阻止され、未遂に終わった事件が起きている。

他方、ソビエト中央では、ボリス・エリツィンがゴルバチョフに対して着々と力をつけていた。六月には、エリツィン率いるロシア・ソビエト社会主義連邦共和国が主権宣言を行った。

この宣言が、ソビエトを著しく、そして決定的に弱体化させたとされる。

＊

一九九〇年の秋、十三歳のラウリは八年生の新学期を迎えた。

ラウリとイヴァンの二人は、精力的にKYBTコンペティションに向けた開発を進めた。特にこの年はイヴァンがやる気で、「これまで蓄えた技術の総決算をやる」とのことで、かつてのマルス3号の火星着陸の最新版を作りはじめた。

シューティングゲームで、売りはイヴァン得意の滑らかな横スクロールだった。

対してラウリが作ったのが、『回転《Вращать》』というレースゲーム。回転機能のないКУВТで、ダイナミックに画面全体が回転するものだ。ただ、この年ばかりはラウリもイヴァンに勝つことは無理だろうと考えていた。イヴァンがカーテャとともに作った背景が滑らかに動く様子は、実際のところ、端《はた》から見ても惚れ惚れするものであったからだ。

が、誰も予想していなかったことが起こった。

この年のイヴァンの作が、失格となったのだ。理由は、ゲームの自機のデザインが、エストニアの三色旗を彷彿《ほうふつ》とさせる色あいになっていたこと。言われてみればその通りで、なぜイヴァンがそのようなミスをしたかわからないが、結果としてラウリが一等となった。

КУВТがほしかったが、残念ながら賞品はメダルだった。

一等にはなったものの、ラウリとしても、この勝利は望んでいたものとは違った。正面からイヴァンの作と競いあい、その上で、一等を取りたかったからだ。

このころから、三人のあいだはぎくしゃくしはじめた。

理由はカーテャだった。夏休みが明けてから、カーテャは独立のための運動に傾倒し、しばしばデモの類いに出るようになった。

ここ一、二年が、エストニアが独立できるかどうかの分水嶺になるとカーテャは語り、これから、KYBTやそのためのデザインは控えると言った。

カーテャはラウリとイヴァンをデモに誘ってくれたが、イヴァンはそもそもロシア人であるし、ここにいられるのもソビエトがあるおかげだ。

ラウリもラウリで、彼なりの事情があった。

「ぼくはソビエトのおかげでコンピュータに賭けることができたし、いま、イヴァンと一緒にいられるのもソビエトがあるからだし……」

が、カーテャのほうは、この国の民であれば独立を願って当然と思っている。彼女とて、イヴァンのことはいまも友人だと考えているけれど、それとこれとは別であると。

いくつかの押し問答の末に、ラウリはこう言ってしまった。

「エストニアが独立して、イヴァンと離ればなれになってもいいって言うの？」

カーテャはこれには答えられず、ただ悲しげな目をしたのみでその場を離れていった。

これで、ラウリとカーテャの仲は決定的におかしくなってしまった。

カーテャはエストニア系の生徒を中心とした学内の独立派のグループに加わり、ラウリやイヴァンとは、顔をあわせれば挨拶をするものの、一緒に遊ぶことは減った。

学校の雰囲気それ自体も、だんだんとおかしくなってきた。

カーテャのように独立を願う一派はもちろんいたものの、ロシア系の多い、ロシア語で教える学校である。おおっぴらにインテルフロントを支持し、反独立を掲げるグループもまたいた。

この二つが、だいたい生徒の二割ずつくらい。

残り六割は、なかば悟ったような、なりゆきにまかせようという空気に覆われていた。

「ぼくに気を使うことはない。もしラウリが国の独立を願うなら、その心に従えよ」

とイヴァンは言ってくれたが、ラウリとしては、そのような大義などない。難しいこともわからない。――アーロンのいないところで授業を受けたい。将来はモスクワの大学へ行きたい。イヴァンと一緒の時間を過ごしたい。本当に、ただそれだけなのだ。

独立の機運がかつてないくらい高まって、イヴァンとしても居心地が悪い。

だからこれまで以上に、ラウリとイヴァンは二人で一緒に過ごすようになった。

二人一緒だけれど、寂しかった。中学に入ったころは、学校に友達がいることが嬉しくて仕方なかったのに、いまは、イヴァンと二人の時間が孤独に思えた。それがなぜなのかラウリにはわからなかった。

おのずと、プログラミングに割く時間が増えた。

前回の勝負は、イヴァンの失格という形に終わってしまった。でも、次はいい勝負をしたい。次のコンペティション、次の勝負に向けて、二人はゲームを作りはじめた。

現実が袋小路であるほど、ＫＹＢＴへの情熱が高まった。

このときイヴァンが作りはじめたのは、宇宙戦艦のゲームだった。

黒地の背景に、異なる二つの速度で流れる星空。そして、滑らかにドット単位で動く灰色の巨大戦艦。滑らかな巨大戦艦の動きもさることながら、ラウリが気に入ったのは星空の演出だった。そういえば、最初にイヴァンのゲームに打たれたのも、星の処理であった。

対して、ラウリが作りはじめたのは立体的に表示される地下迷宮。

立体表示機能を持たないＫＹＢＴで立体表現をやろうという点では、前に作ったものと同じだが、今回は本格的に光線追跡法《レイトレーシング》を取り入れた。これは、光線を追跡することで、像を正しくシミュレートしようというものだ。

最初は、画面一つを描くのに二秒かかった。

そこで画面を少し小さくして、処理を見直し、一・二秒まで縮めた。この秒数をどんどん縮めていき、ゲームとして遜色のないものにしようというわけだ。

幸い、次回のコンペティションまでは時間がある。

今度こそ正面からイヴァンに勝つべく、日々、ラウリはこの処理の切りつめに挑んだ。

＊

そして、ソ連軍がバルト諸国に派遣される日が来た。

まず一九九一年一月十二日、リトアニアで国家救済委員会なる正体不明の団体が権力掌握を宣言し、これを受けて十三日日曜未明、ソ連軍部隊がリトアニアに投入された。

ソ連内務省特殊部隊《OMON》の「黒ベレー」が戦車を用いてリトアニアの首都ヴィリニュスを襲撃、対してリトアニア人は人間の盾を作って抵抗した。黒ベレーは武器を持たない市民に無差別の発砲をし、テレビ塔を守っていた十四人が殺害された。

このときのリトアニア人の抵抗は各国で報道され、世界中が生々しい映像を目にした。

「血の日曜日」事件である。

この十三日、黒ベレーがエストニアのタリンにも侵入しようとしているという情報が流れた。ソ連軍の戦車の隊列が、エストニアとロシアの国境に集結しているということであった。

市民は放送局など建物の周辺を固め、実際、兵士を乗せたトラックが通り過ぎたが、突入まではされなかった。

エストニアが襲撃を免れたのは、ゴルバチョフと対立するエリツィンがタリンに駆けつけたためでもあった。エリツィンはロシアとバルト諸国の二国間関係樹立宣言に署名し、駐留するソ連軍に対しては自重を呼びかけた。

が、危機はつづいた。

OMONはラトヴィアを襲撃、一般人を殺害した。各国の首都にはバリケードが築かれた。

血の日曜日事件を受け、「ペレストロイカはヴィリニュスの路上で野垂れ死んだ」と言われた。ついに訪れたソビエト当局の強硬策は、三国に深い衝撃を与えた。

武力を用いて独立阻止に動かれれば、対抗手段はない。

挫折感が人々を覆った。このまま、バルトの三国はソ連軍に占領されるのではないか。ソ連が解体するという事態でも起こらない限り、独立の日は来ないのではないか。

いまのところエリツィンは革命に対して好意的だが、エリツィンが権力を握れば、やはり同じように武力に訴えてくるのではないか。

三国の運命は、ボリス・ニコラエヴィチ・エリツィンの手のうちにあった。

＊

血の日曜日事件の影響はタルトゥのラウリたちにも及んだ。

事態を聞きつけたイヴァンの親が、イヴァンに帰国を求めたのだ。独立の機運が高まってから、イヴァンが帰国を求められたことはこれまでにもあった。が、今回の要請は断固たるもので、彼としても断れなかった。

実際のところ、エストニアがこれからどうなるのかは、誰にもわからないのだ。

ラウリとしては、もちろん、イヴァンに帰らないでもらいたい。

でも、止めることもできない。それはラウリもわかっていた。

イヴァンが帰国を決めた日、ラウリは寮のベッドで泣いた。ボフニャ村にいるころは、一人でいることは当たり前であったのに、いまは一人でいることが耐えがたかった。

同室のウルマスは、ラウリが泣いているあいだ、何も言わずそっとしておいてくれた。

それから、イヴァンが発《た》つまでのあいだ、ラウリは贈りもののミニゲームを作ることにした。三人のキャラクターを操り、湖畔で水晶を集める小さなパズルゲームだ。

イヴァンはこのゲームを喜び、毎日これで遊ぶとラウリに告げた。

帰国の日が近づくにつれ、ラウリとイヴァンは、何気ないどうでもいいような話ばかりをした。もう会えないかもしれないということは、両方ともが感じていた。だから、二人は努めて、これまでと同じような時間を重ねることにしたのだった。

そして帰国の日が来た。

「次はコンペティションで。またぼくが勝つだろうけどね」

イヴァンはそう言い残すと、あっさりと、本当にあっさりと、ロシアに帰ってしまった。

ふたたび、ラウリは何をするにも一人になった。

一人で登校し、昼休みを一人で過ごす。元通りになっただけだと自分に言い聞かせるときもあれば、やはりイヴァンに会いたいと泣きたくなる日もあった。幸い、アーロンみたいに意地悪をしてくる生徒はいなかったが、周囲はほとんど皆、一年生からの友達同士なので輪には入りづらい。

ただ、ラウリが一人になったところを見計らうグループもまたいた。

独立派と、それからインテルフロント派だ。

彼らは勧誘に最適なタイミングだと考え、ラウリに接触してきた。

この両派は、どちらも生徒の二割ずつくらいを獲得しながらも、それ以上は大きくなれず、勢力を伸び悩ませていた。

残された六割の生徒は日和見《ひよりみ》がほとんどだった。

たとえば、もし独立派に入ったのちにソ連軍が侵攻してきて独立が泡と消えれば、独立派に入ったことはその後の進路に響くかもしれない。逆に、インテルフロント派に入ったのち、本当に国が独立してしまうと、その後は立場がまずくなるに違いない。

逆に言えば、いま独立派やインテルフロント派に入っている者は、皆、このような打算で動くようなことはせず、心のままにそこに属していた。

その点では、ラウリは両派に対して好感を抱いてはいた。

ではどちらかに属すべきかというと、まるでわからないというのが本音でもあった。

独立派からは、カーテャが勧誘に来た。

「もうイヴァンも帰国してしまった。そろそろ、わたしたちに加わってくれてもいいんじゃない」

というのがカーテャの言で、これはそれなりに頷けるものであった。

でも、ラウリは何も答えられなかった。

もし本当に国が独立してしまったら、イヴァンとはもう会えない。

ソビエトだろうとそうじゃなかろうと、なんでもいい。独立しないでもらいたい。それがラウリの偽らざる気持ちだった。

とラウリはヴィタリーに答えて言った。

「惹かれるのは確かなんだ。でも、軽々しくは決められない」

「わかった。いつでもいい。ぼくらは待っているからな」

そう言ってヴィタリーが去り、またラウリは一人になった。

一人になったラウリはノートを開き、例の光線追跡法のプログラムに取り組んだ。

一・二秒かかっていた処理は、全体を見直すことで、〇・九秒まで切りつめることができた。

あとは、個々のプログラムの最適化である。

学校でノートを開き、放課後にノートを開き、〇・八秒、〇・七秒、とラウリは処理を切りつめていった。まるで最適化がうまくいった先に、イヴァンとの再会があるかのように。

次のコンペティションだけが楽しみだった。

コンペティションが開催されれば、会えずとも、イヴァンと戦うことができる。

情報科学の時間が来た。

寮のKYBTはイヴァンが持ち帰ってしまったので、KYBTに触れられるのはこの時間だけである。ラウリはノートを開き、プログラムを転写し、動作確認をした。光線追跡法での立体表示は、〇・五秒にまで切りつめられていた。

あと少しだ。

あと少しで、人の目に堪《た》えるものになる。

が、このとき教師から思わぬ事実を告げられることになった。

「ラウリ、大変心苦しいのだが……」

やってきた教師は、彼自身、どう言っていいのかわからないといった様子だった。

「次のコンペティションは中止になった。ソビエト全体が混乱していて、もうこれまでのような共和国をまたいだコンペティションは難しいらしい。つらいだろうが、理解してくれ」

——時間が止まったように感じられた。

実際に止まったのはラウリのほうだった。何も答えられず、動けなかった。教師が何を言っているのか、すぐに理解できなかった。大丈夫か、しっかりしろと声をかけられ、やっと周囲の音が聞こえてきた。

「わかりました、大丈夫です」

と、やっとのことでラウリはそれだけを答えた。

その日の残りの授業はすべて上の空になった。寮に帰って、ラウリは自分のベッドで大の字になった。自分の手足がゴムみたいに感じられた。それから起きあがって、プログラミング用のノートを二つに裂いた。

同室のウルマスは何も言わず、自分のベッドで煙草を喫っていた。

ラウリはウルマスから煙草を一服もらい、むせた。

「やめておけ」

とウルマスが言うのを聞かず、もう一服して、またむせた。

翌日の昼休み、ラウリはインテルフロント派のヴィタリーのもとへ赴いた。

ヴィタリーたちは食堂の隅に陣取り、人数は七、八人ほどだった。多くが上級生で、若干、ほかに居場所がなさそうな空気が感じられた。なんの用だとばかりに、上級生の一人がじろりとラウリを睨《ね》めつけた。

ヴィタリーが慌てて立ちあがり、ラウリに手を差し出した。

「仲間に入れてくれ」

ラウリはそう言って、ヴィタリーの手を握った。

横柄に腕を組んでいた上級生が両手を広げ、「なんだい、そういうことかい」とラウリに席を譲った。皆のまんなかの席だった。ラウリがそこに座ると、かわるがわる、上級生たちが肩に手を回してきたり、握手を求めてきたりした。

落ち着かないような、居場所ができたような、なんとも言えない気持ちだった。あのとき、悪魔の橋の上で感じたような居場所とはまた違った。

「どうだい」

とヴィタリーが提案した。

「次の日曜、インテルフロントのデモに我々は参加する。きみも来てみないか」

そして日曜が来た。インテルフロントの面々は市庁舎の近くに集まり、デモをはじめた。人数は多く、ほとんどがロシア系の地元住民だった。

ラウリはヴィタリーたちと合流し、ゆっくりと進む行進に混ざった。

インテルフロントは、独立運動によって国内の居場所を失いかけているロシア系住民の運動である。バックにソビエト政府がいるとはいえ、皆どことなく寄る辺なく、例外なく殺気立っていた。

「エリツィンを殺せ！」

と誰かが叫び、叫びは別の誰かに伝染し、皆口々に、エリツィンを殺せと叫んだ。ヴィタリーたちもそれにならった。ふと、ラウリはヴィタリーの視線を感じた。

それを言ったら、引き返せないような気がした。が、ラウリは思い切って叫んだ。

「エリツィンを殺せ！」

視界の隅で、ヴィタリーが満足そうに頷いた。

人の列、列というより群衆は、のろのろと市庁舎に向かっていた。

「市庁舎を占拠しろ！」

と叫び声があがり、またそれが合唱に変わる。

群衆は、市庁舎を占拠すべく前へ前へ進んだ。その動きがぴたりと止まった。列の前のほうから、怒声が聞こえる。ほかにもいろいろな音がしたが、皆が口々に何か叫ぶのでよくわからない。

ヴィタリーは列が動かないので痺《しび》れを切らし、身体をよじり、前で何が起きているのか見ようとする。

「タルトゥ市民だな」

とヴィタリーが列の切れ目から前を見て言った。

「市民が市庁舎を守って立ちはだかっているようだ」

「殺せ！」

と、そこにまた叫び声があがった。空気が反転したことをラウリは感じ取った。それは、デモが暴徒に変わる瞬間だった。列の前のほうから、人と人がぶつかりあう音、悲鳴や怒声が混じりあって聞こえてくる。殺せ！　と上級生の一人が叫んだ。ラウリもそれにならった。「エリツィン」といった目的語のない叫びは、生々しく、暗い爽快さとともに響いた。

ラウリは自傷するように、同じ文句をくりかえした。

翌日登校して、ラウリは空気が違っていることに気がついた。

朝の挨拶をするが、誰からも挨拶が返ってこない。かわりに、皆が遠巻きにラウリを見ている。孤独には慣れっこだけれど、これまでのそれとは微妙に勝手が違った。全体的にものものしく、生徒たちの話はささやきあいがほとんどで、どことなくぴりぴりしていた。

昼休みになった。

ヴィタリーたちは、あいかわらず食堂の隅にいる。ただこれまでと比べ、周囲がヴィタリーたちに冷たい。皆、ちらちらとヴィタリーたちに目を向け、ささやき声で何事か噂しあっている。胸騒ぎを感じながら、ラウリはトレイを持ってヴィタリーたちのもとへ向かった。

「いったいどういうことだい」

席を取ってから、ラウリはヴィタリーに訊いた。

「この学校で、こんなに居心地が悪かったことはないんだけど……」

「問題ない」

「問題ないってことあるかよ。いったい何があったんだ？」

「……昨日のデモだ。我々が市庁舎を占拠しようとして、市民が立ちはだかった。このとき衝突が起きて、何人か怪我人が出た。……我々の側に一名、市民の側に二名」

「怪我？　重いのか？」

〝殺せ〟と叫んでいたことも忘れたのか、というようにヴィタリーがラウリを見た。

「カーテャだよ」

「え？」

「怪我をした一人はカーテャだった。市庁舎を守ろうとして、あちこち強く殴られたらしい。脊髄を損傷して、下半身はもう動かないとか。だが、別に問題はない……」

カーテャ？

カーテャが怪我をしたって？

今度こそ、ぶん殴られたような衝撃を受けてその場に凍りついてしまった。言葉は入ってくるけれど、意味が入ってこない。目眩《めまい》とともに、ヴィタリーたちが傾いた。傾いたのは自分だった。平衡感覚がなくなり、ラウリはその場に倒れてトレイをぶちまけた。気がついたら床の上にいた。立ちあがろうとして、ラウリはまたふらついた。

カーテャ。

夏のダーチャで笑っていたカーテャの顔が浮かぶ。

ぼくのせいだ。

沸き起こる気持ちを止められなかった。ぼくのせいだ。ぼくが、昨日あの場にいたから。

――ぼくがやった。

「問題ない」

くりかえすヴィタリーは、まるで自分自身に言い聞かせているように見えた。

「一部の血気盛んな連中が勝手にやったことだ。ずっと、ぼくらは列のうしろのほうにいたし……」

その先は聞きたくなかった。

ぶちまけたトレイもそのままに、ふらふらとラウリはその場を離れた。ぼくがやった。食堂を出て、学校を出て、ラウリはあてもなく街をふらつきはじめた。

街は暗い。

「血の日曜日」以降、人々は悲愴感に襲われ、そこに物資不足や物価の高騰が襲ってきていた。皆、生活に追われ、ルーブルよりもドルをほしがっていた。

ラウリの足は、いつかイヴァンやカーテャとともに歩いた場所、タルトゥ大学のほうへ向いた。

市内には、ドルやドイツ・マルクでしか買いもののできない店ができ、そこでは西側の高価なブランド品を売っていた。対して、ルーブルで買いものができる店は、棚に商品がない。

街は荒れはてていた。

ドルやマルクが手に入る者と、それ以外の大多数のあいだには、大きな格差ができていた。

旅行者相手の売春婦が、街角で流し目を送っている。

彼女らが求めるのも、やはり、ドルやマルクだ。

街は貧困に覆われている。商品のない店の、その建物はドアや窓が壊れたままだ。食料品をマーケットで買う余裕がないから、大勢が、ダーチャでの野菜作りに頼る。

不思議とそんななか、屋台のハンバーガー屋やアイスクリーム屋、花屋などが繁盛している。

昼食を逃したせいで腹が鳴ったが、屋台の料理は高くてとても買えない。

街の中心近くに来た。岩がいくつも並べられ、ソビエト軍の戦車隊の襲撃に備えられていた。

ところどころ、遊んでいる子供たちの姿も目に入る。

エストニア人の子供はエストニア人と、ロシア人の子供はロシア人と遊んでいる。民族間の摩擦が、そのまま子供たちの姿にも表れているのだ。

不満は蓄積し、もはや誰もソ連当局への批判をためらわない。

仮に独立したところで、経済の見通しは暗い。ずっと、中央統制経済のもとで生産をしていたこの国が、経済的に自立するのは難しい。加えて、機械工業、化学工業、その他諸々の工業の設備はすべて時代遅れで、ヨーロッパの市場で競争力が持てない。

貧困から抜け出せるイメージを持てないのだ。

しかも、原材料も労働力もロシアから持ちこまれ、輸出先もロシアであるので、ロシア依存を脱却してしまうと、外貨で原材料を買わなければならない。

さらには、共産主義体制のせいで、人々は働かず、一日中お茶を飲んで給料が転がりこむのを待っている。ソビエトの体制が、国民の心を蝕《むしば》んでいた。

——三人で歩いたあの公園についた。

自然と、足は願いごとが叶うという橋に向いた。天使の橋と、悪魔の橋だ。鳥が鳴く木々の下を歩き、まず天使の橋を見る。リスが一匹、足元を駆け抜けていった。さらに歩いて、コンクリートの悪魔の橋の上に出る。

イヴァンの幻が前を駆けていき、手すりの上に飛び乗った。

「三人がいつまでも仲良しでいられますよう！」

ああ、と腹の底から声が出た。手すりに手をついて、屈んだ。涙が出ず、なぜかかわりに鼻水が出た。ああ、ともう一度叫ぶ。犬をつれ歩いていた婦人が一人、何事かとラウリを見た。次々と、カーテャやイヴァンの声が耳元に蘇った。

——夏になったら別荘《ダーチャ》へ行こう。

——大きな家じゃないけれど、でも夏に家族で行くのが楽しみで。

——思うんだけど、生きるってのは人とのかかわりあいだよね。

——でも、わたしはハリネズミがかわいそうで。

コンクリートの手すりを殴った。皮膚が裂け、血が出た。かまわずまた殴った。頭をぶっつけた。そしてまた、言葉にならない言葉を叫んだ。空は晴れていた。暖かい日差しがラウリに射していた。初夏の気圏の底で、ラウリは叫びつづけた。

＊

一九九一年八月、モスクワでクーデターが起きた。

ゴルバチョフはクリミア半島の別荘に軟禁され、国家非常事態委員会がゴルバチョフは病気だと発表、権力を掌握した。エストニアをはじめとするバルト諸国はクーデターを批難し、それを受け、ソ連軍やソ連内務省特殊部隊《OMON》が三国の各都市に派遣され、タリンのテレビ塔といった施設の制圧にかかった。

人々はバリケードを築き、重要な政府施設を守った。

この強硬なＯＭＯＮの派遣が、慎重論を吹き飛ばした。

リトアニアは独立を再確認し、エストニアの最高会議は独立の即時回復に関する決議をした。ラトヴィアもそれにつづいた。

クーデターは失敗し、軍隊は帰っていったが、実権はエリツィンが握った。

エリツィンはバルトの三国の独立を承認する声明を発表。

八月の最後の週、北欧や東欧でバルト諸国の独立承認の波が起き、ソビエトもそれを受け入れた。十二月、エリツィンがソ連を解体した。

# 第二部

両手いっぱいに白いウールを抱え、それを目の前のタンクに落とす。

白の原毛をタンクに敷きつめたら、次に黒、ふたたび白とサンドイッチ状にしていく。

ウールの紡績の、調合と呼ばれる過程だ。

白と黒、二種類の羊毛を混合し、グレーの毛糸を作りあげようというわけだ。

「グレーを作りたいなら、最初から白いウールをグレーに染めればいいのに」

ラウリのつぶやきは誰にも拾われず、そのまま流されていく。

白の原毛を敷きつめたので、次は黒を手に取る。

ここは、タリン市のウール紡績工場だ。高校を出てから、ラウリは首都のタリンに移り、この工場で保全士として働いてきた。紡績工場とは羊毛を糸にする工場で、保全士はそのための機械類の点検や整備をする仕事だ。

それで、機械の整備をしていないとき、こうして調合の手伝いをしているわけだ。

一九九八年。独立回復から七年、ラウリは二十一歳になっていた。

古い機械はよく壊れ、シフトを終えて帰宅するころには油まみれになる。手に染みこんだ油は石鹼《せっけん》では落ちない。でも、機械がよく壊れるおかげで仕事がある。

白の次は黒。その次は白――。無心に働けるこの仕事を、ラウリは気に入っていた。

タンクの向こう側では同僚二人、アーロン・ユクスキュラともう一人、ネーメ・ノールという保全士が、やはり原毛をタンクに運び入れ、底に敷きつめている。

「フローラ・タリンは勝ったかな」

とアーロンがつぶやく。これは、タリンのサッカーチームの名前だ。

「さてね」

とネーメが応じ、タンクのなかの原毛を平たく延ばす。そしてまた沈黙が訪れ、ごう、ごうと機械音があたりを包む。

沈黙の多い、この環境がラウリは好きだ。

「今日、終わったらビールでも飲みに行かないか」

ぽつりと、アーロンが吐き出すように言った。

「俺は無理だな。子供の世話をしないと」ネーメが抑揚なく答える。

アーロンの視線がこちらを向いた。

「いいよ。ぼくはつきあえる」

ラウリが答えて、ぽんと原毛をタンクに放りこんだ。

——エストニアが独立回復したのが、一九九一年。ラウリが十四歳のときだ。

突然の民主化や通貨の切り替え、そしてたくさんの企業の倒産やＧＤＰ減、さらに激しいインフレがあったころ、ラウリはまだ中学生だったため、深刻な直撃を受けることはなかった。

十年制だった学校は、小学校四年、中学校五年、高校三年の十二年制に変わり、十八歳で卒業するまで、ラウリは同じ学校で過ごした。

学校では、ほとんどの時間を一人で過ごした。

話をする相手といえば、寮の同室のウルマスくらい。孤独ではあったものの、一人でいることをラウリは自分への罰のようにとらえていた。そう考えると、孤独も苦痛ではなかった。

ラウリに限らず、インテルフロントについてしまった生徒は皆、居心地悪そうに、所在なげに過ごしていた。

カーテャは退院したが、ソ連時代の学校は車椅子で通えるようにはできていない。彼女はタルトゥ市内の実家にこもり、一人、勉強をつづけた。

一度、ラウリは彼女の家を訪ねたが、目をあわせただけで、言葉が出てきてくれなかった。カーテャもまた、ラウリと話す気はないようだった。

KYBTはやめてしまった。

カーテャもイヴァンも離れて、それでもなお、KYBTに情熱を燃やすということはできなかった。

イヴァンとはしばらく文通をつづけたものの、イヴァンの手紙からは、だんだんと忙しくなってきて、新たな友人もできた気配が伝わってきた。それで気が引けて、文通の頻度が減った。紡績工場に勤めはじめて一通送ったのを最後に、手紙のやりとりは止まっていた。

工場の求人に応募し、首都のタリンに出てきたのは、誰もいない遠くへ行きたかったから。

ボフニャ村の両親はラウリが大学へ進むことを期待したが、KYBTへの情熱もなくなり、モスクワの大学へも行けなくなった以上、進学に意味は見出せなかった。

紡績工場に来たのが三年前。

同じ新入りとして、アーロンが配属されていると知ったときはもちろん驚いた。もともと、アーロンを避けてタルトゥの学校に行ったのだ。アーロンの顔を見たとき、ラウリは自分の不運を呪った。また嫌な目に遭う、とも思った。

が、久しぶりに会ったアーロンは様子が違った。

かつての尊大さはなく、自信のないおどおどした調子で、

「やあ、ラウリ。まさかきみがいるとはね」

と挨拶をよこしてきたのだ。

中高時代、ラウリにいろいろあったように、アーロンにも何かしらかあったことが察せられた。だからといって、過去が消えるわけでもない。やあ、とだけ無難に答えた。

その日、研修を終えた際も、やはりアーロンがラウリをビールに誘った。

二人が住んでいたのは、市の中心近く、カラマヤと呼ばれる地区。

十四世紀の古い漁港のある、工場と労働者の街だ。昔の金持ちの家を小さく区切ったアパートがたくさんあり、ラウリもアーロンもそこに部屋を借りていた。

その南側、バルト駅の近くにバーがある、とアーロンが言った。

そのバーを目指し、工場労働者の木の家やグラフィティの描かれた倉庫の前を通った。

「ラウリ、きみがいてよかったよ」

歩きながら、アーロンはそんな話をした。

「昔はよかった。昔は、なんにでもなれる気がしてた。なんにでも……」

小学生時代にラウリにやったことは忘れているようだった。が、怒りを覚えたりはせず、そんなものだろうと受け止めた。漠然とした寂しさのようなものだけがあった。

前を歩いていたアーロンが、急に顔をしかめた。視線の先に、同い年くらいの青年が二人いた。青年たちはアーロンに気づくと、にやりと笑って、

「よう、チェキスト！」

と棘《とげ》のある口調で叫んだ。チェキスト、とはKGB職員の俗称だ。

元クラスメートだ、とアーロンがこわばった声でささやいた。

「チェキスト、お出かけかい？」

青年らはじろじろとアーロンを眺めている。ラウリも目を向けられたが、すぐに、興味なさそうに視線を外された。

行こう、とアーロンが足を速めた。

「チェキスト！」とまた背後から声がかかった。

驚いてしまったが、考えてみれば腑に落ちた。

ピオネールに入って喜んでいたアーロンは、いわば体制側の子供だった。それが独立

回復を経て、このような扱いを受けるのは自然なことかもしれなかった。しかしそうだとしても、チェキストとまで呼ばれるのは穏やかではない。

アーロンはこめかみを揉んで、あとで話すよ、と小声で言った。

バーで乾杯をしたのち、アーロンはぼそぼそと話し出した。

「……隠したかったんだが、どうもそうも行かないらしい。つまりね、こういうことなんだ。ピオネールにいたとき、俺は仲間を売ったんだよ。……KGBに協力した」

そう言って、アーロンは目を伏せた。

「独立後、酔っ払ってそのときのことを人に話しちまった。それ以来さ。だから、チェキスト、裏切り者ってわけ」

「……ぼくは中学のとき、インテルフロントについてしまって仲間を失ったよ」

ラウリが応じると、アーロンの目元に暗い光が宿った。

「ラウリもいろいろあったんだな」

「あったよ」

もう一度、アーロンがビールのジョッキを掲げる。そのまま無言で、アーロンは一杯を飲み切った。ラウリも無言だった。これだけだ。これだけだが、二人のあいだに暗い友人関係のようなものができあがった。

酔いが回り、アーロンがもう少し詳しい話をしはじめた。

アーロンがピオネールにいたころ、彼の前に背広の男が一人現れたそうだ。「きみのような優等生が最近減った」というようなことを男が言い、それから、広がりつつある独立の機運を嘆いた。

アーロンが同意したところで、男は子供たちの意見を聞きたがった。

親たちは口を閉ざす。そのかわり、子供が話すことには親の影響がある。だから、子供が何を話したかで、その親が何を普段話しているかを男は知りたいらしかった。

「それで、ときおりその男に情報を売った。……いいことだと思ってたんだ」

軽率だ。

が、ラウリはアーロンを責めはしなかった。責める資格もなかった。かわりに言った。

「昨日の善行は今日の愚行だ」

「そいつがKGBだったかどうか、本当のところはわからない。だが、俺はそうだったと思ってる。俺がそう思ってしまったんだから、これはもう、どうしようもない」

新たな友人はそう言うと暗鬱に笑った。

飲み明かしたかったが、アーロンはビールは三杯までと決めているとのことだった。

かわりに、アーロンはカラマヤにある自分の部屋にラウリを誘った。神経質なほうなのか、狭い部屋がこぎれいにまとまっていた。

アーロンはラウリをベッドに座らせると、

「見ろ」

と通帳を一つ放ってよこした。

「少しずつだが金を貯めている。いずれ、俺はこの国で商売をやるんだ。店を開いて、それを繁盛させて……そうだ、かわいい嫁さんももらわないとな……」

＊

ラウリたちが勤めた紡績工場は場所を移し、いまタリンの郊外で操業をつづけている。工場に取材を申しこんだところ、最初は異邦人ゆえ断られたが、ガイド兼通訳のヴェリョがあいだに立って交渉してくれた。

結果、短い時間ならということで取材が実現した。

工場長はネーメ・ノール。ラウリやアーロンの元同僚だ。

「……ここでは仕入れた羊の原毛を糸にして出荷します。工程は主に三つ。まず、原毛を混ぜあわせる調合。次に、均一な繊維の層を作るカーディング。それから糸に撚《よ》りをかける後工程」

工場の大きな機械類を前に、ネーメがそのように説明してくれた。

「機械はどれも古いものです。それをわたしたちの手で修理して、整備して動かしていました」

「ラウリたちが工場にいたのは一九九五年ごろからでしたね」

「まだマクドナルドがなかったころです」

ネーメが目を細め、ゆっくりと語った。

「あのころは突然の自由化で、みんな混乱していましたね。要領よく商売をはじめて成功する者もぼちぼち出はじめていましたが、工場には、そうでない連中が集まったものです」

しかも、とネーメがつづけた。

「うちが古い機械で四苦八苦してるところに、西側諸国が安いウールをどんどん輸出してくる。だから、まあ、人員整理といった話も出てきていました。当時は袋小路にいる気分でしたよ」

「ネーメさんから見て、ラウリはどういう工員でしたか」

「真面目そのものでしたね。真面目で、無口でした。うちは女性の工員が多いのですが、彼女たちとは交わらず、黙々と仕事をしていました」

「友人は？」

「アーロンですね。アーロンとは仲がよかった。仕事のあとはしょっちゅう一緒に帰っていました。家が同じ方向というのもあったのですけれどね」

「カラマヤ地区ですね」

「ええ。いまはリノベーションされてすっかりお洒落な街になっていますけれど、当時は、まだ工場労働者もたくさんいて、もういくぶんか暗い雰囲気でした。わたしもときおり、彼らと一緒にカラマヤのバーに行ったものです」

＊

その日、ラウリとアーロンはバーで一杯飲んだあと、バルト駅を横切って旧市街に向かった。

石畳の左右を、オレンジや黄色、ピンクに彩られた家々が並ぶ。前年、ユネスコの世界遺産に登録された街だ。カラマヤと比べると、だいぶきれいに整っている。

珍しく、ラウリがアーロンを誘った形だ。

古い倉庫を改造した「ウェアハウス」というクラブがあり、そこでウルマスがＤＪをやるというのだ。

小雨が降っていたので、二人、うつむき加減になりながら石畳の街を歩いた。

まもなく看板が見えてきた。

クラブのなかは薄暗く、ときおりレーザー光やフラッシュがフロアを照らした。ウルマスは正面の舞台でヘッドホンをつけ、ターンテーブルを操作している。来たよと伝えたかったが、人がいっぱいで近づけそうにない。

曲は高速のブレイクビーツにレゲエ調のベース。ドラムンベースと呼ばれるものだ。

「耳がいかれそうだな！」

アーロンが叫んで、機嫌よく踊りはじめた。

ラウリは踊れないのでバーでビールをもらって、隅でちびちびと飲みはじめた。

点滅するライトのなか、踊る人々がストップモーションを描く。遠目に、ウルマスのほうを窺《うかが》う。汗が滴り、それを一瞬の光が照らし出した。曲のリズムはついていけないほど速いが、ベースラインは心地よく耳をくすぐってくる。

慣れない場所に来たせいで、酒の減りが早い。

すぐに、バーで二杯目を出してもらった。

ウルマスは学生のころからずっと音楽一筋だ。独立回復前は反体制的な曲を作っていたようだが、独立後は、反抗すべき体制がなくなったせいかＤＪに転じた。ただ、フロアこそいっぱいだけれど、音楽で食えているわけではないようだ。昼は、港の造船所で働いていると聞く。

二杯目のビールも飲み干す。

大音量の音楽のなか、ふう、とため息をついた。そこに、横から「火を貸して」と声をかけられた。女性が一人、火のついていない煙草を掲げ、揺らしている。

ラウリはバーでライターを借りて火をつけてやった。

間を置いて、女がストップモーションの煙を吐いた。

「こんな隅っこでどうしてるの？」と女が言う。

「距離を置いてるんだ」

「ふうん」

人工の光が女の横顔を照らし出した。同い年くらいだ。黒い髪をショートカットにしている。

火が揺れた。

「一人？」

「友達と来たんだけど、その友達は……」

答えて、ラウリはフロアに視線を向けた。

「もう見つからないや」

はは、と何がおかしいのか女が笑う。

「ちょっと外を歩かない？」

アーロンに悪いような気もしたけれど、この場にいるのもなんとなくいたたまれない。

酔いも手伝って、ラウリは頷いた。女がラウリの手を引き、つれだって表に出た。

まだ小雨だ。冬が近づきつつあり、寒く、しんとしていた。

大音量の音楽を聴いていた耳元だけが熱を残し、ぼうっと温かい。

「所在なさそうだったけど、今日はどうしたの？」

「ウルマスっていう先輩がＤＪをやってたから来たんだ」

若干の羞恥とともに答えた。

「でも、ぼくは踊れないものだから。きみは、ええと……」

女が薄く笑い、ヘルギ、と名乗った。

「あなたは？」

「ラウリ。ああいうところ、ヘルギはよく行くの？」

「わたしには母の記憶があまりない。かわりに、胎内にいたときの記憶がある。ああいう店に行くと、その記憶が蘇ってくるようで楽しいの」

ヘルギがそんなことを言い、暗い石畳の道を先導する。

追いかけようとして、雨で足元が滑った。

それからしばらく、互いの仕事とか趣味とかの話になった。とはいえ、ラウリは面白みのない工場勤めで、唯一の趣味だったコンピュータもやっていない。もっぱら、ヘルギの話を聞くことになった。

ヘルギは、北欧資本のホテルのリネンスタッフとして働いているということだった。

「給料がいいからね。家は、このあたりの屋根裏だけれども」

それから唐突に、ヘルギがこんなことを言う。

「男にすべてを捧げるのはやめた。だからいまは、余生みたいなもの」

よく呑みこめなかったが、それが彼女にとって重要な意味を持つことだけはわかった。

「着いたよ。あの家」

ヘルギがクリーム色に塗られた家を指した。一階は閉店したカフェだ。オープンテラスに、鉄製のテーブルが二つ、ひっくり返されている。

店先にエストニアの三色旗が掲げられ、雨に濡れていた。

「来るでしょ」

ヘルギがそう言って、ラウリの手を引いた。

はじめて入る女性の部屋はずいぶんと荒れていた。床に、雑多なものが積まれている。

ヘルギは鏡を机に置くと、そこに白い粉で線を作り、丸めた五クローン札で吸った。

「あなたもやる?」

「やめておくよ」

屋根裏の小さな窓から、外の車のヘッドライトが入りこむ。明かりがヘルギの荒れた部屋を撫で、そして消えた。

窓の前に立ってみた。暗く、街灯の周辺だけ、小雨が降るのが見えた。

ベッドで並んで横になっているとき、ヘルギがラウリの手に触れた。

「この黒いのは機械の油?」

ああ、とラウリが答えた。

「独立前は、自分が紡績工をやるなんて思いもしなかった。昨日の善行は今日の愚行。皆、何を信じてどうやって生きているのだろうね?」

「そうね――」

仰向けになったまま、ヘルギが器用に煙草に火をつけた。

「……わたしの祖母は大戦前の生まれでね。祖母が十六歳のとき、この国を占領してたナチスドイツをソ連が追い返し、ふたたび占領した。このとき、多くの人はドイツを応援してたみたい。でも、彼女はユダヤ人だったから……」

「ソビエトを応援してしまった？」

ヘルギが軽く頷いた。

「祖母はその愚行を責められ、しばらく居場所がなかったみたい」

「その話、お祖母さん、何一つ悪くないよね？」

ヘルギがため息をつき、ラウリの目を閉じさせた。

「寝なよ。わたしはもう少し、起きているけれど」


ソビエトの側についてしまった者が、必ずしも皆失敗したわけではなかった。

かつての〝インテルフロント派〟であった一人、アレクサンドルは自由化のあと、コンピュータに商機があると見た。そして大学在学中に起業して、まもなく投資も得た。

そのアレクサンドルがラウリのことを覚えており、ある冬の日、どうやって番号を調べたのかラウリの携帯に電話をかけてきた。

旧市街のカフェで会おうというので、休日、ラウリはカフェに向かった。

雪がぱらついていた。

オープンテラスは寒いので店内で待っていると、やがて仕立てのいい服を着たアレクサンドルがやってきた。アレクサンドルは腹が減ったと言ってハムやサラミのプレートを頼み、ぱくつきはじめた。

ラウリもサラミを食べたかったが、値段が高いのでコーヒーだけ頼んだ。

近況を訊かれ、ラウリは工場の話をしたが、相手は明らかに興味のない様子だった。

ラウリが話し終えるより前に、アレクサンドルが自分たちの会社の説明をはじめた。

「ぼくたちが手がけているのは海外のソフトウェアライセンスを企業に売る仕事だ」

時は金なりとでも言うような早口だ。

それから長々とアレクサンドルは喋ったが、要は、エンジニアとして働かないかという誘いだった。ラウリがKYBTを得意としていたことを覚えていたのだ。

「でも、ぼくはもうコンピュータはやりたくないし……」

「もちろん給料ははずむぞ。おまえもこっち側に来いよ」

アレクサンドルが言っているのは、つまりこういうことだった。

自由化を経て、人々は成功者とそれ以外にわかたれた。〝こっち側〟が成功者で、〝あっち側〟がそれ以外というわけだ。

でも、ラウリには人々のあいだにそのような線があるとは思えなかった。

何より、静かに働ける紡績工場の仕事を気に入っていた。サラミが食べられないのなら、我慢すればよいだけの話だった。

どう言って断ろうか思案した。口を衝いて出たのは、自分でも思わぬ台詞《せりふ》だった。

「ぼくには成功する資格がないんだよ」

＊

アレクサンドルは成功したが、成功しつづけることはできなかった。

二〇一一年の秋、三十四歳という若さで心臓発作により他界したからだ。したがってこの日の話を、アレクサンドルの口から聞くことはかなわない。

このようなことがあったらしいと、そうわたしに語ってくれたのはヘルギである。

ヘルギについては、ネーメ工場長がラウリのガールフレンドとして記憶しており、いまタリン市内で服飾店を経営しているということで、容易に会いに行くことができた。

「懐かしい！　あの坊やのことは、いまもよく覚えてる」

ヘルギはいまもラウリに好印象を抱いていたようで、店を人にまかせ、近くのカフェでじっくり話を聞かせてくれた。

「あなたから見て、ラウリとはどういう人物でしたか」

「ボーイフレンドっていうよりは、弟みたいな印象だったね」

これはもしかすると、ラウリという人物をよく言い表しているかもしれない。

彼女に限らず、ラウリについて語る人々は皆、弟について語るように彼のことを振り返っていたからだ。

「弟というのは、どういうところが？」

「ちょっと頼りないのだけど、放っておけないような。彼を悪く言ってるんじゃないよ。ラウリという人間の魅力を自分だけが知っているって、そういうふうに人に思わせる何かもあった」

それはわたしにも心当たりがある。

ラウリという人物の魅力を自分は知っている。そういう思いがあり、彼を追っているからだ。

「彼について覚えていること、なんでもいいので教えていただけますか」

「そうだね――」

＊

この時期のラウリを気にかけ、会いに来たのはアレクサンドルだけではなかった。ライライ・キュイク教授もその一人だ。

彼女はあいかわらず精力的に教鞭《きょうべん》を執っていたが、独立回復後はそれに加えて、国の仕事があった。

　独立回復時、国は貧しいなかで柱となる産業を育てるため、情報通信技術《ICT》とバイオテクノロジーに力を注ぐことを決め、国民もそれを支持した。そんななか、ライライは経済通信省のアドバイザーとして、タリンとタルトゥを行き来していた。

　そのライライが、あるときタリンに来たついでに、カラマヤのラウリの部屋を訪れた。

　昔の金持ちの部屋を区切ったアパートなので、下宿というほうが近い。キッチンや風呂は共同で、そのかわり窓からは通りを見下ろせて、眺めは悪くなかった。

　ベッドのほかに少しの私物があるだけの部屋をライライは見回して、本心か否か、

「悪くないじゃない」

と、短い感想を述べた。

「どうしてここがわかったのです？」

「ラウリの学校から紡績工場のことを聞いた。それで、工場に連絡したら教えてくれたってわけ」

「なるほど。それで……」

ライライが椅子に目を向ける。

ラウリが手を差し出して促し、ライライが椅子についた。ラウリはベッドに腰を下ろし、話のつづきを待った。

「単刀直入に言う。国のために働かない？」

ラウリは眉をひそめた。

「どういうことです」

「この国はまだまだだけれど、近い将来、情報通信技術の国に生まれ変わる。でも、現状では人材が足りない。あなたみたいに、呼吸するようにプログラムを書ける人をわたしたちは必要としてる」

それから、ライライは国の将来のビジョンを語った。

まずインターネット教育に力を入れ、近い未来、すべての学校でインターネットを利用できる環境を作る。次に、マイナンバーカード《eID》とインターネット投票を実現する。

病院のカルテは患者の承諾を得ればどの医者でも見られるようになるし、路面電車のチケットをインターネットで買えば、eIDカードを示すだけで乗れるようになる。

熱っぽく語るライライを、「待ってください」と止めた。

「それをやるには、官民のデータベースを横断できる仕組みが必要になりませんか。いくらなんでも、そんなこと……」

「そのためのインフラとなるデータ交換層をいま作っている。数年内には実用化できるはず。ここは独立したばかりの国。それが、一千五百以上もある島々にまで公的サービスを送り届けるには、ITの力を借りるしかない。——これから、このエストニアは、水晶の国になる」

水晶というのは、コンピュータの鼓動を打つ水晶発振器《クリスタル》のことだろう。

「それは、確かに——」

ラウリはまばたきをした。

「確かに、途方もない話です。そんなことができれば一気にIT先進国だ。でも……」

——それはぼくには、関係がない。

その言葉を、ラウリは呑みこんだ。なぜか気持ちがしぼみ、うつむいてしまった。

コンピュータはもうやめてしまった——。その一言が、なぜか言い出せなかった。

「そういう仕事をやっているのは、博士号持ちのエリートたちでしょう。その点、ぼくは高卒だし」

「それはそう」

ライライはあっさり認めた。

「でもいまは、エリートもそうじゃない人も、国の未来のために一丸となっている。ラウリだったらやれると思ってるよ」

それに——、とライライがつづけた。

「小さかったころのあなたは、サイバネティクス研究所に入りたがってたらしいじゃない。去年、そのサイバネティクス研究所が民営化されてサイバネティカ社になった。そこがいま、例のデータ交換層の開発をしている」

かつて諦めた夢が、ふいに記憶の底で輝きを放った。

けれど、それだけだ。その輝きは、いまのラウリと地続きにつながったものではない。それは、星が輝いているようなものなのだった。

「eIDカードが切符のかわりになるのはすごいです。ですけれど……」

切符が必要なら、切符を使えば済む。吐き出すように、ラウリはその先をつづけた。

「国を情報化したその先で、先生は何がしたいのですか？」

「わたしには夢がある」

ライライが即答した。

「それは、いずれこの国のデータ大使館を作ること」

「データ大使館?」

「データ大使館は、簡単に言えば、国と国民のデータのバックアップを同盟国に置くもの。これが何を意味するかというと……そうね。あなたに訊く。国とはいったい何?」

逆に問われてしまい、「さあ……」とラウリは自信なくつぶやいた。

「なんだろう? 領土と、それから統治組織と……」

「この国は小さく、隣にはロシアがある。いつまた占領されるかもわからない。国を領土とするならば、領土を失ったとき、わたしたちはまた国を失うことになる」

「でも、それは」——そういうものではないのか。

「わたしはそうは思わない。わたしは、いえ、わたしたちは国とは領土ではなくデータであると考える。だから領土を失っても、国と国民のデータさえあれば、いつでも、どこからでも国は再興できる」

別に夢物語ではない、とライライがつづけた。

「eIDカードをはじめとする情報化が成功すれば、政府は国民のデータを電子化して保有することになる。そのデータを、同盟国のサーバーに保管できれば――」

ラウリは口元に手を添えた。

また占領されても、国と国民のデータは維持できる。そういうことだ。

「わたしたちは、情報空間に不死を作る」

きっぱりと宣言するライライを、ラウリは眩《まぶ》しく感じた。

けれどそのライライの輝きもまた、星の輝きと同じようなものだった。ラウリは紡績工の仕事を気に入っていた。人目に触れず静かに働いて、ときおり仲間と酒を飲む。それでよかった。

一度、ソビエトを信じて裏切られた。

その上でなお、新政府と新しい国を信じたいとは思えなかった。

煮え切らないラウリの様子を見て、ライライはため息をついた。それから、手帳の一ページを破いてそこに住所を走り書きした。

「毎週土曜、これは趣味のようなものだけれど、この場所で子供たちにプログラミングを教えてる。ここから遠くないから、よければ一度見に来てちょうだい」

ラウリはクラブには一度行ったきりであったが、アーロンはそこを気に入り、その後もしばしば通ったようだった。そのうちに、マリーという恋人ができたと聞かされた。それはいいのだけれども、アーロンが二言目にはマリーの話をするものだから、ラウリもネーメもすっかり辟易《へきえき》してしまった。

おかげで、そのマリーという女性については詳しくなった。

年齢は二十歳で、職業はメーキャッパー。東のラスナマエ地区に住んでおり、朝はにんにくの匂いを漂わせるロシア人たちとともに出勤する。彼女を重宝しているタレントがいる。云々。

「ようやく運命の女性と出会えた」

とアーロンは鼻を膨らませたが、ネーメは「どうだかな」と冷淡で、遅かれ早かれ別れると見ていた。ラウリはそうした機微がわからなかったが、マリーこそがすべてと言わんばかりの友人のことが少し心配にはなった。

春先、アーロンが象を見たいと言い出した。

アーロンによると、カラマヤの南西、ヴェスキメッツァ地区の動物園に「象の家」がある。ほかにも、山猫やらホッキョクグマやらがいるらしいから行かないかと言う。

「俺はマリーを誘うから、おまえはヘルギを誘えよ」

とのことで、ラウリはヘルギに会った折、彼女のことを誘った。

ヘルギは動物園と聞いてくすりと笑い、いいよ、と答えた。

それで、休日に皆で集まることになった。結局、マリーは来られなかったようで、ラウリとヘルギ、そしてアーロンの三人になった。

低い柵の向こうに、ロバやらヤギやらがいた。動物園は元は軍事倉庫であったらしく、やたらめったら広い。

肩車する親子や乳母車を押す父親に混じって、三人で動物を眺めた。

「マリーのことは残念だったね」

ラウリが言うと、アーロンは「うん、そうだな」と言葉を濁す。

どうもマリーのことは話したがらないようで、何かあったらしいと察せられた。その件さえ除けばアーロンは陽気で、空元気であったのかもしれないが、フクロウの檻の前で「ホッホー」と鳴き真似をしてみせたりした。

客たちに目を向けると、やはり子供たちが多い。

大人たちの一、二割は、いい仕立ての服を着てコンクリートの道を歩いている。アレクサンドルの言う、〝こっち側〟の人たちだろうか。

「俺もいずれいい服を着るよ」

ぽつりと、アーロンがそんなことを言った。

「金もだいぶ貯まってきた。どんな店をやろうか。酒屋か、輸入食材店か——」

「わたしも」と、ヘルギがそれに答える。「絶対、いい服を着てやるんだから」

少しだけ、置いていかれるような寂寥感《せきりようかん》がよぎった。

ラウリは工場の仕事に満足している。身体を動かして働くのが好きだ。ソビエトならそれでよかった。でも、アーロンやヘルギはもっと先を見ている。二人の話を聞いていると、自分が新しい秩序に適応できていないように感じられてきた。

ホッキョクグマの前に来た。

柵の向こう、人工のプールを犬かきするように泳いでいる。その所作が面白くて、しばらく見入ってしまった。ヘルギもそうであったようで、目があうと、ヘルギは両手を前に出してホッキョクグマの泳ぎを真似てみせた。

「知ってる?」

とヘルギが口にした。

「動物の移動効率を計測してみると、一番効率よく移動できるのはコンドル。対して、万物の霊長たるヒトは、下から数えたほうが早いんだって」

「二足歩行は効率が悪いのかな」

「わからない。でも、だからわたしたちは車に乗るっていうこと」

反射的に、ラウリはＫＹＢＴのことを思い出した。

コンピュータは、人間にできない膨大な演算をすることができる。だからあれは、いわば脳にとっての車のようなものだ。

ライライがやろうとしている国の情報通信化も、いわば、国民全員を車に乗せるようなものか。

――わたしたちは、情報空間に不死を作る。

ラウリは首を振って、またホッキョクグマに目を向けた。自分はコンピュータという車を降りて、動物になりたいのかもしれないとふと思う。動物のような、自我のない世界を生きたいのではないか。

「象はどこだ」

途中から、アーロンがそればかり言うようになった。

「俺は象が見たいんだ。象はどこだ？」

その様子がどうにもおかしくて、結局、象そのものよりもラウリの印象に残った。

なぜこの日、アーロンがこんなにも象を見たがったのかは、わからずじまいとなった。

＊

ドアにくくりつけられたベルが鳴り、老夫婦が一組、カフェに入ってきた。

懐かしそうに動物園の話をしていたヘルギが、ふと天井に視線を向ける。

「ラウリと話していると、ときおり、彼が遠くにいるように感じることがあった。ある意味、その距離感がラウリの魅力でもあった。彼の胸には、いつも目に見えない穴が開いていていてね」

ヘルギが髪をかきあげる。

「過去に何かあったのだろうとは思うけれど、あえて訊こうとはしなかった。ラウリも、わたしの過去は訊いてこなかったしね。誰だって、触れられたくない部分はあるから」

「どうして別れてしまったのですか？」

「さあ……昔のことだからね。些細なことだったかもしれないし、そうじゃないかもしれない。もしかしたら、わたしのほうがついて行けなくなったのかも。ラウリは、なんといっても、ずっと隠者みたいな暮らしをしてたから」

「隠者ですか」

質問したつもりであったが、ヘルギはただ頷くと先をつづけた。

「でも、ラウリと過ごした短い期間はいい時間だったよ。ラウリはいま何をしてるの？元気でやってるのかな？」

さあ、とわたしは苦笑を浮かべた。

「それをわたしも知りたいのですよ。それを知りたくて、いまもここにいるのです」

＊

アーロンがよからぬ友人とつるみはじめた兆候は、鼻血だった。

急にうんともすんともいわなくなった調合機を直しているとき、突然、アーロンが鼻から血を垂らしはじめたのだ。血はすぐに止まったものの、その日を境にアーロンは遅刻がち、休みがちになった。それまで真面目に勤めていたので、ネーメは首を傾げた。

「ラウリ。きみらは二人とも、カラマヤの住まいだったよな。ちょっと、アーロンの様子を見てきてくれないか」

アーロンが休んだある日、ネーメにそう頼まれ、退勤後にアーロンの部屋を訪ねた。

ノックをすると、「誰だ」と警戒するような声が返った。

「ラウリだよ。どうしてるかなと思って……」

言い終えるより前に、「なんだ、ラウリか」とドアが開かれた。かすかに、饐《す》えたような臭気が漂った。きれい好きだったはずが、ごみの袋が床に置かれている。

小さい机の上に、空になった黄色いニシンの缶詰が二つと、レモネードの空き瓶がある。缶詰は、ラウリもときおりサワークリームとともに食べるおなじみのものだ。

アーロンがベッドに座った。

「来るなら電話してくれればよかったのに」

「悪いね。ネーメに言われて、様子を見に来たんだ」

「なるほどな……」

ちょっと待ってろ、とアーロンがクローン札を丸めて、ベッドの上で屈みこむようにしてコカインを吸った。ふう、と彼がため息をつく。

「ようやくしゃっきりした。飲みにでも行くか?」

すぐに答えられず、少し、暗澹《あんたん》とした気持ちになった。

同じドラッグをやるにしても、ヘルギと比べると、自暴自棄で自傷的に見える。それで、注意するべきかしばし迷った。

「アーロン、薬はほどほどにしておいたほうが……」

「大丈夫さ。コントロールできている。コントロールできているとも……」

結局、飲みに行こうというアーロンについて部屋を出た。

アーロンの向かう先は、いつもと違う場所だった。カラマヤから歩いて駅を越えた南側、線路と旧市街の外れの公園とに挟まれた地域だ。

バーに着いた。

アーロンが戸口をくぐるなり、「よう！」と店のなかからかけ声がした。柄の悪そうな男たちが三人、テーブル席でポーカーをやっている。

アーロンが片手をあげてそれに応じ、きょろきょろと見回してからカウンターにつく。

ビールが来てから、ラウリはちらとマリーのことを訊いたが、アーロンは「知らねえよ、そんなやつのことなんか」と答えたきりだった。

かわりに、アーロンはベルギーで作られているという黒ビールの話をした。

「前に飲んで気に入ったんだよ。でも、このあたりじゃお目にかかれなくて――」

そのうちに、酔ったアーロンがテーブル席に移ってポーカーをやりはじめた。

ため息をついて、ラウリはビールのグラスを傾けた。

ネーメにどう報告したものか、それを考えると憂鬱になってきた。

思案するラウリをよそに、アーロンはポーカーで熱くなっている。端から見ていても、下手だった。やけになっているのか、無茶なブラフをくりかえして負けを重ねている。

そのうちに、見ていられなくなった。

「もういいだろ。金、貯めてるんじゃなかったのかよ」

「うるさいな」

アーロンが顔をしかめた。

「大事に貯めた金だ。だから、それをゴミみたいに扱うのが最高なんじゃないか！」

「店をやるんだろ」

「うるさい、もう帰れ、おまえがいると来るツキだって来なくなっちまう……」


負けがこんで反省したのか、その翌日、アーロンはちゃんと出勤してきた。

「ちゃんと働いてくれ。だんだん、かばえなくなってきてるぞ」

とネーメが苦言を呈したが、

「別に、かばってくれなくたっていいさ。俺なんか、かばう必要はないんだよ」

とアーロンは聞く耳を持たなかった。

これが最後のチャンスだった。裏では、すでにアーロンの解雇に向けて手続きが進められていた。それを知っていたネーメが「なあ」と語気を強めたが、アーロンはどこ吹く風だった。

アーロンが持ち場を離れたとき、ネーメはラウリにどういう様子だったかと訊いた。

「わからないよ」

とラウリはどぎまぎしながら答えた。

「ただ、ちょっと荒れていた様子だった。マリーと何かあったんだと思うけれど……」

「やれやれだな」とネーメが応じた。


アーロンが解雇されたあと、ラウリは幾度か彼の家を訪ねたが留守だった。電話をかけても出ない。「電話してくれ」と書いたメモをドアの隙間から滑りこませたが、連絡はなかった。

ネーメもまた、アーロンのことを気にかけていた。

それで、退勤後の時間を使って、二人でアーロンを探すことになった。

ネーメはラウリの知らないアーロンの一面を知っていたようで、その彼が挙げたのが、旧市街にある「ソーマ」というホステスバーだった。

そんな場所は行ったことがないとラウリが言うと、

「最近行ってないからな、せっかくだし俺も行くか」

とネーメもついてくることになった。

薄暗い店内で、二人の陽気な女性がついた。彼女らはラウリを見て、「あら、かわいらしい」と言ったが、会話に参加したのはネーメだった。

次々と、酒の話やスポーツの話、恋愛の話と移り変わり、ネーメが当意即妙にそれに答える。

やっとラウリも知っている話題、プリート・パルン監督のアニメーションの話になった。でも、わかる話になったからといって突然口を挟むのも気恥ずかしくて、押し黙ってしまった。するとまた話が変わった。

まるでジェットコースターだ、とラウリは思った。

そのうちに、自然な調子でネーメがアーロンの話を切り出した。ネーメはアーロンを同僚だと言い——すでに同僚ではなかったのだが——最近、ここに来ているかとそれとなく訊いた。

彼女たちも通常なら、ほかの客のことは話さないのかもしれない。

が、ネーメの訊きかたがとても自然で、答えるのが当たり前のような雰囲気になった。

「一昨日来たわねえ」

とホステスの一人が言った。

「なんだか羽振りがよくって、逆にちょっと心配しちゃったけれど、ほら、わたしたちも商売だから」

彼女らの話からは、夜遊びをくりかえすアーロンの様子が浮かんできた。おそらく、求職もせず退職金を使いつぶしているのだ。

ネーメがアーロンがいそうな場所を訊いたが、わからないと女性らが答える。

「ストリップクラブの話はしてたけれど、タリンにそういう店はたくさんあるし……」

「ソーマ」での話はこんなところだった。

もう一軒、ラウリには心当たりがあった。ポーカーをやっていたあのバーだ。

ネーメにその話をすると、「行ってみよう」と言う。

旧市街を西に抜け、いつか入ったバーを探した。

街はしんとしていた。そんななか、先ほどまでのめまぐるしい会話の残響が、脳内に行き場なく谺《こだま》した。

小雨が降りはじめた。最近雨が多いな、とネーメがぼやいた。まもなく、バーが見つかった。

あの日の男たちがいた。

同じように、テーブル席を陣取ってポーカーをやっている。

ラウリは店内を見回してから、「アーロンを知らないか」と単刀直入に男たちに訊いた。

「あいつなら一昨日来たぜ」

卓上に目を向けたまま、男の一人が答えた。

「なんの用だ？」

「アーロンを探してるんだ」

「あいにくだったな。それ以来、来ちゃいねえよ」

「一昨日はどんな様子だった？」

「傑作だったぜ。退職金争奪戦だとかあいつが言い出してな、それで、だいぶ稼がせてもらったもんだ。いまごろは、野垂れ死にでもしてるんじゃないか」

稼がせてもらってそれか。あんまりな言い草なので、反射的に口を衝いて出た。

「おまえら、それでも友達かよ」

「なんだと」

ぎろりと男たちがラウリを睨《にら》む。

突然、一触即発の空気になってしまった。ネーメがラウリの手を引いた。かまわずにつづけた。

「それでも友達かと言ったんだ」

「もういい、やめろ」

ネーメが割って入り、強引にラウリを店から押し出した。男たちがせせら笑った。ネーメと別れた帰り道、もう一度アーロンの部屋に寄ってノックをしてみた。返答はなかった。

アーロン、とラウリは無言のドアを前につぶやいた。どうしちまったんだよ、アーロン。

＊

いま、わたしの手元には二年前の雑誌の切り抜きがある。

わたしがタリンに来たのには主に二つの目的があった。一つは、我らが主人公、ラウリ・クースクの足取りを追うこと。もう一つが、この切り抜きである。

切り抜きは話題のデザイナーにインタビューした記事だ。

デザイナーの名はカーテャ・ケレス。車椅子である。企業には勤めず、個人として雑貨やアクセサリーのデザインをやっているということだ。

――カーテャさんのデザインは、北欧を意識しているということですが。

「一口にバルト諸国と言っても、そこに属する三国はそれぞれ異なります。というのも、わたしたちは独立回復にあたり、それぞれにアイデンティティを選び直しました。このとき、三国の取ったポジションが微妙に異なるのです」

――と言いますと？

「ラトヴィアはバルトというアイデンティティにこだわりました。対してリトアニアは、北欧、バルト、中東欧をつなぐ、文明の十字路のような役割。わたしたちエストニア人は、フィンランドに近いこともあってか、北欧の一員としてのアイデンティティを選択しました」

――アイデンティティが後天的なものであると。

「それもありますし、やはり先天的なものもあるかとは思います。いずれにしても言えるのは、アイデンティティとは、人々が自らの手で選択するものだということです。ですからわたしも、独立回復とともに得た新しいアイデンティティを大切に、それに沿ったデザインをしているということです」

――なるほど。

「わたしたちの周囲は、すでに、ものであふれています。その上であえてデザインをする必要があるのか。ある、とわたしは考えます。北欧的なものをデザインしつづけるということは、すなわち、独立の精神を引き継ぎ、独立しつづける、ということでもあるのです」

――エストニアは占領時代から職人たちが質の高いデザインを生み出して、〝ソビエトのなかのヨーロッパ〟と称されてきました。

「そうだからこそ、ロシア的なデザインではなく、北欧的なデザインにこだわるわけです。それが、新しい時代の、わたしたちならではのデザインであると考えます」

かつてカーテャが語っていたという夢、雑貨やアクセサリーのデザイナー。そして、車椅子。彼女が、あのカーテャであると見てほぼ間違いないだろう。

記事中、カーテャ・ケレス氏はタリンの在住であるとのことであった。

それでわたしはＳＮＳアカウントや個人ホームページがないか調べたが、いずれも見つからない。ヴェリョの助けを借りてエストニア語のキーワードをいろいろ試みたが、結果は変わらなかった。

それならばと、ヴェリョはカーテャの知人友人を探すべく、各種ＳＮＳで検索をはじめた。ところが、出てくるのはカーテャの商品ばかりで、本人についての情報は、まったく出てこないのだった。まるで、自ら足跡を消してでもいるかのように。

同じことはラウリにも言えたのだが、これについてはのちに触れることにする。

「一粒の砂金を探すようですね」

ヴェリョがあるとき、ため息とともに言った。

「これだけ情報化して、過剰なまでに人と人がつながっているというのに……」

そこで、わたしたちは雑誌の版元を訪ねてみることにした。

旧市街の東、マークリ地区にあるその版元は、古い五階建てのビルの二階と三階を使ったものだった。わたしたちは記事の切り抜きを見せ、カーテャの連絡先を訊ねたが、当時の編集者はもう退職しているし、そうでなくとも、教えるわけにはいかないということであった。

わたしもジャーナリストをやっているので、彼らの立場もわかる。けれど、よほどしょげた様子を見せてしまったらしい。

「そうだなあ」

と、わたしたちの相手をしてくれた編集長氏が軽く頭を掻いて、

「この記事は無記名だけれど、これを書いたライターが誰かはわかる。いまも一緒に仕事をしているが、フリーランスで、タリンに住んでいる男だ」

そう言って、編集長氏が手元のコンピュータに何か打ちこんだ。

追って、わたしたちの背後のプリンターが印刷をはじめる。

「ライターの名前とメールアドレスだ。これくらいなら教えてもいいだろう」

わたしは恐縮して、ヴェリョの通訳を介して、重ねて礼を述べた。

ふん、と編集長氏が短く息をついて、ヴェリョを指さした。

「通訳に感謝したまえよ。きみの通訳がロシア人だったら、こんなふうに教えたりはしなかったからね」

＊

アーロンは見つからないままだった。

ただ、かわりにタリンじゅうの酒屋を回って、アーロンが飲みたいと言っていたベルギーの黒ビールを見つけ出すことができた。アーロンと一緒に飲むために六本買って、部屋の隅に置いた。

そんな初夏のある晩、突然ラウリの部屋に大きなノックの音が響いた。二人組の警官だった。騒ぎを聞きつけた大家も出てきて、ラウリに怪しむような目を向けてきた。

「ラウリ・クースクだな。ちょっと来てもらいたい」

突然そう言われても、警察の厄介になるような心当たりがない。何か冤罪《えんざい》でもかけられたのかと警戒していると、「アーロン・ユクスキュラのことだ」と警官が言い、得心が行った。

「友達に何かあったらしい」

とラウリは大家に説明した。

「ぼくは大丈夫、すぐ戻ってくるから」

これで大家の態度も軟化して、やれやれというように奥に引っこんでいった。

つれていかれた先はアーロンの部屋だった。

ごみの袋が増え、まだ、机の上にあの黄色いニシンの缶詰がある。アーロンは微動だにせず、ベッドに座っていた。右手にリボルバーを握っている。頭のうしろには、飛び散った血やら脳漿《のうしょう》やらがトマトスープをこぼしたみたいになっていた。

現実が受け入れられず、その場に固まってしまった。

かわりに、どうでもいいことが目につく。開け放しの窓の外に何かが見えた。小鳥の餌のパン屑だった。パン屑を小鳥にやって、それから自分の頭を撃ち抜いたのだろう。

「アーロン」と、口を衝いて出た。「なんでだよ、アーロン!」

「銃声を聞いた隣人が通報してきた」

と警官の一人が淡々と説明した。

「それで、扉を破ったらこのありさまだったというわけだ」

「ぼくが呼ばれた理由は?」

「机を見てくれ」

言われるがままに、机の上を見る。封筒が一つあった。表に、「ラウリ・クースクへ」と宛名がある。つまり、遺書だ。

「事件性はないと思うが、差し支えなければ内容を教えてもらいたい」

鋏《はさみ》を探したが、見つからない。封を手で破り、なかに入っていた便箋を取り出した。

親愛なるラウリ・クースク

自裁しようと思ったとき、唯一、頭に浮かんだ友人がきみだった。

いろいろな人がいるなかで、ただ一人、きみだけが対等に俺とつきあってくれた。一緒に飲むビールは実にうまかった。

きみは覚えてないふりをしてくれたが、子供のころは、ずいぶん悪いことをした。済まないと思っている。それなのに友人づきあいをしてくれたきみには、いくら感謝してもしきれない。

連絡をしなかったことも悪いと思っている。あわせる顔がなかったというのが理由だ。

俺を打ち砕いた決定打はマリーだが、それは最後の一撃でしかなかった。死のうと思う気持ちは、もう、ずいぶん前から俺につきまとっていた。

国が独立してから、そしてかつての仲間たちから裏切り者と呼ばれはじめたころから、この日が来ることは決まっていた。俺という存在は、たぶん、ソビエトの幻影でしかなかったんだ。だからこの国がソビエトでなくなった日から、俺はもう幽霊みたいなものだった。

ラウリなら、この話の意味をわかってくれると信じる。

が、たいていの人間は何を言っているかわからないだろうし、わかる必要もない。もし俺の父や母と会うことがあるならば、失業を苦に自殺したとでも言ってくれ。おまえは光のなかを生きろ。新しいこの国では、たぶん、それができるはずだから。

アーロン〝チェキスト〟ユクスキュラ

ラウリは便箋を警官の一人に渡した。

警官がそれを流し読み、「確かに自殺ですな」とラウリに遺書を返した。

「ご両親がいるようですが、どちらにお住まいかご存知ですか」

「……ボフニャ村というところにいるはずです。タリンからだと、車で一時間ほど」

放心状態のまま、窓辺に近づく。

鳥はいない。置かれたパン屑は、まるで精霊に供されたわけまえのようだ。アーロンは、どんな気持ちでパン屑をここに置いたのだろうか。

そう思った瞬間、凍りついていた感情が融《と》けた。

涙が流れた。窓枠に両手を置いたまま、うずくまってラウリは泣いた。

こういうことには慣れているのか、警官は特に何か言うでもなく放っておいてくれた。

人は死ぬということは知っていた。

けれど、もうアーロンと会えないというのがまったく想像できなかった。

アーロンの生きた二十年余りは、いったいなんだったというのだ。

急に、すべてが馬鹿ばかしく感じられてきた。警官も、もうラウリには用はないようだった。ラウリは遺書を手にしたままアーロンの部屋をあとにして、いつかのバーに向かった。

男三人がポーカーをやる近くに席を取り、たてつづけに三杯、ビールをあおった。

そのうちに、男の一人がラウリに気がついた。

「アーロンは見つかったか？」と問いかけてくる。

「死んだよ」

ラウリは端的に答えた。それから、どう言えばこいつらを傷つけられるだろう、と暗い計算が働いた。

「自殺だ。ぼくらみんなが、あいつを殺したようなもんだ」

「そうか」

と男が短く答えた。意外にも、男たちは神妙な顔つきをしている。

「いいやつだったな」と一人が言う。

「ああ。馬鹿だがいいやつだった」と、また別の一人。「残るのは、俺らみたいなろくでなしだけだ」

ラウリはビールの追加を頼みかけて、思い直して男たちのほうを向いた。

「ぼくにもコカインをやらせてくれよ。持っているんだろう」

三人が顔を見あわせる。しばしの間があった。

「駄目だ」と一人が答えた。「……俺たちは屑だが、それでも人を見るんだ。あんたはまともに生きなきゃならない。そういうやつの足は引っぱらない。俺たちにもプライドはあるんだ」

なんだか、世界から見放されたような気分だった。

「そうかよ」

とラウリは短く応じ、ビールを追加した。

酔っ払ったまま、歩いて旧市街のヘルギの屋根裏を訪ねた。

「どうしたの」

と戸口に出たヘルギが心配して言った。

「幽霊でも見たような顔をしてる」

ラウリは乱暴にヘルギを抱き寄せ、キスをした。ベッドに雪崩《なだ》れこむ。ヘルギが強く抵抗した。

「ちょっと。あんたどうかしてる」

「アーロンが死んだんだ」

ヘルギが表情をこわばらせ、それからため息をつくとラウリの後頭部に手を伸ばした。

無視して衣服を剝ぎ取ろうとするラウリを、ヘルギは下から思い切り蹴りあげた。

鳩尾《みぞおち》を押さえて咳きこむラウリをよそに、彼女が立ちあがる。

「レモネードがあるから飲みなよ。話なら聞いてあげるから」

そう言って、ヘルギがペットボトルのレモネードを開け、ラウリに手渡した。ベッドに座って一口飲むと、荒れた胃にレモネードが沁《し》みた。が、その痛みが心地よくもある。

「ほんのちょっと、悪いことが重なっただけだったんだ」

レモネードのボトルを床に置いて、ラウリが漏らした。

「死ぬことなんて、まったくなかったんだ。それなのに」

ヘルギがラウリの正面に立ち、そっと頭を撫でた。

「また動物園でもどこでも行けると思ってた。でも、アーロンはもうどこにもいない」

ヘルギが床のボトルを拾い、自分も一口飲んだ。それから言った。

「でも、ラウリのなかにアーロンはまだいる。ラウリのなかにアーロンは生きている」

それは、どこかで聞いたことのある文句に思えた。

思い出した。そうだ、データだ。ラウリが記憶しているというアーロンは、いうなればデータだ。

脳裏に、ライライ・キュイク教授の言葉が鮮明に蘇った。

――国と国民のデータさえあれば、いつでも、どこからでも国は再興できる。

――わたしたちは、情報空間に不死を作る。

その次の土曜、ラウリはライライが週に一度教えているという子供向けのプログラミング学校に足を運んだ。よければ一度見に来い、と言われていた場所だ。

場所はカラマヤの東端。

黄色く塗られた煉瓦造りの建物が、その学校だった。ラウリが着いたときはまだ朝が早く、教授もおらず、事務員が一人で準備をしているところだった。

教授からもらった走り書きを見せると、

「わかりました、そこに座って待っていてください」

とのことで、事務室の一角で待たされた。

やがてライライ・キュイク教授が出勤してきた。ラウリの姿を見て、「来たね」とばかりに、にこりと笑う。ラウリは小さく会釈してそれに答えた。

「もうすぐ子供たちの授業がはじまる。少しゆっくりしていて」

事務員がコーヒーを淹れて出してくれた。

ラウリはそれをすすりながら、ライライが準備している様子を眺めた。

その間、事務員が少しだけ話をしてくれた。ちょうど、国は五年計画で虎の躍進《タイガーリープ》プロジェクトというものを進めているところらしい。情報通信技術を使って、虎のひとっ飛びのように先進国を追い越すことを目標に、インターネット教育を実施しているのだと。

が、プログラミング教育に着手できるのはまだ先のことだ。

そこで、モデルケースとしてこの学校で子供たちへのプログラミング教育をしているとのことだった。

それにしても、ラウリがＫＹＢＴから離れて五年以上が経つ。自由化を経て、もっといいコンピュータも入ってきているはずだ。

話についていけるだろうかと案じていたら、

「大丈夫、ここで扱うのはＫＹＢＴと同じＢＡＳＩＣ言語」

とライライが教えてくれた。

「それならあなたも得意でしょう」

得意、であるかどうかはわからない。が、理解はできるだろう。

ラウリがＫＹＢＴをやっていたとき、イヴァンやカーテャを除いて、ほかの子供たちはプログラミングをほとんど理解できなかった。でもこの学校は、義務教育でもないのに子供たちが学びに来る。

彼らがどういう態度で授業に臨むのか、どこまで理解しているのか楽しみでもあった。

授業の時間が来た。

子供たちはすでに教室に集まっており、そこにライライがラウリを引きつれて入室する。ラウリは「見学のお兄さん」だと紹介された。「こんにちは！」と子供たちが明るく挨拶するので、ラウリは少し赤面して、こんにちは、と子供たちに返した。

自分にもこういう時期があったのだろうと考えると、少し不思議な気持ちになる。

本当に驚いたのは、それからだ。

ライライに促されて、皆が教本を出した。その教本に、見覚えがあった。

――かつて、冬休みいっぱいを使って作った本。

――自分と同じ世界を見る者が現れないかと期待して作り、でも、うまくいかなかったもの。

子供たちが取り出したのは、コピー本の『ラウリのKYBT』なのだった。

ライライがラウリに耳打ちした。

「同じBASIC言語だから、ほとんどそのまま使える。あなたは、実にいい教本を作ってくれた」

授業がはじまった。

教本を用いて、子供たちがミニゲームを作る。ゲームは簡単なもので、口のついた円形のキャラクターが、画面上にあるリンゴやブドウを集めていくものだ。その次は応用編で、各自、好きなようにゲームを改造するという時間になった。

敵キャラクターを作る生徒もいたし、画面を迷路状にする生徒もいた。

ライライの教えかたがいいのだろう、皆、ＢＡＳＩＣという言語をよく理解していた。

かつて、子供のころに考えていたことが蘇った。

——プログラミングは楽しい。でも、みんなにはそれがわからないみたいだ。

——自分の見えるこの世界を、みんなにも見えるようにしてあげるには？

——ぼくだけがちょっと変なのかな。

——ぼくと同じような世界を見る子はほかにいないのかな？

あのとき現れたのはイヴァンだった。そのイヴァンはもういない。でも、いまは子供たちがラウリの思いを受け取り、実現してくれている。

「——ここで働かせてください」

授業が終わったあと、ラウリはライライに頼んだ。気に入っていた工場のことは、もう頭になかった。

子供たちとライライ、その両方の熱がラウリに乗り移っていた。

「ぼくは大学を出ていない。でも、子供たちを教えることならできます。ぜひ、ここでぼくに」

「もちろん大歓迎。いま、教師はまだ全然少ないの」

ライライが答えて、手を差し出した。強く、ラウリがその手を握り返した。

＊

編集長氏から教わったライター氏とはすぐに連絡がついた。

出版社でのことをメールで伝えたところ、「なるほどなるほど。ちょっとお待ちください」とフランクな返事があり、数時間もしないうちに、カーテャの名刺のスキャンが送られてきた。

線画の葉をあしらったきれいな名刺だった。

住所は書かれていないが、電話番号とメールアドレスがある。連絡はエストニア語がよかろうということで、わたしはヴェリョに文面を書いてもらい、メールを送った。

旧市街の東、カドリオルグ地区に住んでいるとのことである。

ぜひ訪ねてきてほしいとのことであったので、教わった住所に、ヴェリョと二人で向かった。

密に街路樹の茂る、明るい通りの集合住宅だった。呼び鈴を押して玄関を抜け、部屋を探す。部屋が一階なのは、彼女が車椅子だからだろう。

「どんな話をするのですか」とヴェリョが訊いてきた。

「わからない。まずは、会ってみないことには……」

あった。部屋のドアは、すでに半開きにされている。

それでも一応ノックをすると、どうぞと声がかかる。

この先にカーテャがいる。そう思うと、にわかに緊張してきた。それと同時に、抑えようのない懐かしさもある。ヴェリョとともに戸口を抜け、リビングに入った。

そして、彼女が現れた。

カーテャは車椅子のまま、リビングでお茶を淹れて待っていた。そのカーテャが言う。

「本当にいろいろなことがあった。話したいことはたくさんあるけれど、でもそれ以上に、わたしたちは多くを忘れてしまった」

「それでも会えて嬉しい。本当に、そのなんというか……」とわたしは口ごもった。

「それはわたしも。いい、いい、ようこそいらっしゃい、イヴァン」

# 第三部

カーテャの顔には、目元や眉にかつての面影がある。けれど当然、昔とは違う大人の顔だ。いま、四十六歳くらいであるはずだ。

妙な話かもしれないが、彼女の顔を見て、わたしは少しほっとした心持ちになった。歴史に翻弄された者には、ときおり、齢《とし》の重ねかたを間違えてしまったような、えもいわれぬ悪相になる者がいる。そういう人間をわたしは何人か見てきた。けれどカーテャはそうではなく、まっすぐに齢を重ねた、そのような顔をしているように見えた。

「お茶菓子を忘れちゃった」

そう言って、カーテャが車椅子を漕いで、いったんキッチンに向かう。

それから振り返って、わたしに向けて片目をつむってみせた。

「これ、見た目ほどには不便じゃないの」

カーテャの身体のことは、わたしも学生当時、手紙をもらって知っていた。

当時、いまよりもっと若かったせいもあるが、気の毒には思っても同情はしなかった。カーテャの怪我は、独立のために立ちあがった結果の、覚悟の怪我であったからだ。

それからしばらく、わたしはカーテャのライフストーリーに耳を傾けることになった。

大学に入りたかったが、それが叶わなかったので、家で一人で勉強をつづけた。働きはじめたのは一九九九年、二十二歳のとき。障害に理解のある企業に勤め、しばらく、インターネット普及期のウェブデザイナーとして働いていたという。

夢であったアクセサリーや雑貨のデザインはその間もつづけた。

「すんなりとは行かなかったでしょう」

「もちろん。でも昔、別荘《ダーチャ》で釣り糸を垂らしながら二人に言ったからね。自分は、アクセサリーや雑貨のデザイナーになるって。約束したんだから、頑張るしかない」

「努力したんだね」

「……ソ連時代から、エストニアには陶器やガラス、革のアクセサリーを作る優秀な職人がたくさんいてね。彼らに弟子入りして、基本的な技術を教わった。だから、わたしはデザインは北欧だけれど、ベースになっている技術はソビエトってわけ」

「そのことで悩むことはない？」

わたしの口調は、自然とくだけたものになってきていた。

「悩まない。何しろこの国では、誰もがキメラみたいな歴史を自分のなかに飼ってるんだから。ソ連の技術で作られた北欧のデザインは、まさしく、エストニアそのものよ」

収益のめどが立ち、カーテャが独立したのは二〇〇八年。

組織に勤めるのではなく、起業してワンマンビジネスとしてデザインをはじめたそうだ。すぐに注文が入り、ウェブページ等も作らずにいまに至る。

「エストニアが独立できてよかった？」

これは訊くまでもなかった。

「もちろん。そうでなかったら、わたしはわたしの身体的なハンデを受け入れられなかったかも」

わたしはカーテャの部屋を見回し、やや、訊きにくいことを訊いてみた。

「一人で暮らすのは大変ではない？」

ははは、とカーテャが笑い飛ばした。

「さっきも言ったけれど、見た目ほどには不便じゃないの。これまで四人のボーイフレンドとつきあったけれど、結局、一人でいるのが一番気楽」

カーテャが明るく振る舞うのは、むろん、あえてそうしている面もあったろう。でも、決してそれだけではなく、彼女は確かにいま満たされ、自己実現しているのだとも感じさせられた。

そしてそれこそが、ラウリにとっては救いになるはずなのだろうとも。

「ラウリのことだけれど……」

そうだよね、というようにカーテャが軽く頷いた。わたしはつづけて訊いた。

「ラウリのことはどう思ってる？　会いたいと思うことは？」

「許せないね」端的に、カーテャがそう答えた。

「それはやっぱり――」

視線を彼女の車椅子に向けると、違うというように彼女が手をひらひらさせた。

「独立前夜はみんなが混乱してた。わたしにも代償はあった。でもこれは、歴史を生きたという代償でしかない。みんな、自分がよかれと思ったことをやっただけ」

カーテャが茶菓子のビスケットに手を伸ばした。

「わたしが許せないのはね、あいつがわたしの障害を自分のせいだと考えたこと。そして、修行僧みたいになってコンピュータもやめてしまったこと。あいつは、もっとあいつの人生を生きるべきだった。ラウリは確かに優しかった。でもその優しさは、傲慢さでできていた」

「傲慢とは？」

「わたしの人生はわたしの人生。わたしを不幸だと決めつける権利なんか誰にもない」

＊

一九九九年——ラウリ、二十二歳。

子供たちを教えるのだと一度決めたラウリは早かった。ライライ・キュイク教授から紹介を受けた学校で、土日、子供たちにプログラミングを教えた。

工場は辞め、平日には、普及期にあったインターネットを企業の中高年に教える講座を持った。国が情報通信化する以上、それに伴う人々の教育は喫緊の課題だった。

ラウリ自身もブランクを埋めるべく学び、最新のコンピュータにも触れた。

ライライの言う通り講師は不足していたようで、仕事は絶えなかった。

ほとんど贅沢しなかったこともあり、二年もしたころには、商売でもはじめられそうな金が貯まった。アーロンが貯めようとして、そして貯められなかった金だ。

悩んだが、ラウリはそれを学費としてエストニア情報技術大学に通うことにした。

情報技術大学を選んだ理由は、一つには、講師をやるにしても、ちゃんと大学で学んでおきたかったこと。もう一つは、夜間コースがあったことだった。

それで、ラウリは大学の夜間コースに通いながら、講師の仕事をつづけることにした。

大学の講義は興味深かった。特に、数学に惹かれた。新たな知識で、少年時代にＫＹＢＴで作ったプログラムを改良できると気づいたときもあった。そのときは、いまだに自分がＫＹＢＴのことを考えていることに笑ってしまった。

研究テーマは、プログラミング教育のためのプログラミング言語の設計。いまでいうスクラッチ言語に近いものをラウリは考案し、論文を書き、学士を取った。

学士を取ったのちは、いったん平日の仕事を休み、タリン工科大学の修士に進んだ。

この間にも、ライライが予見したさまざまな施策が実現した。

まず、国じゅうのデータベースを横断するデータ交換層――エックスロードと名づけられたそれが、国を情報通信化していく上での、いわば幹線道路となった。

公的機関からは住民登録センターや健康保険センター、ほか年金や自動車登録、公文書管理、民間企業からは通信や五大銀行などがすべてこのエックスロードにつながれ、一元化された情報のやりとりを可能とした。

それからマイナンバー《eID》カード。

また、レストランやガソリンスタンド、空港など多くの場所で、無料のWi-Fiが使えるようになった。そして、世界に先駆けてのインターネット投票だ。

エストニアはまさしく水晶の国へと変貌を遂げつつあった。

もっとも、eIDカードはまだ評判がよくなかった。身分証明書としてはパスポートや免許証があったし、なぜあえてeIDカードを持つ理由があるのか人々はわからず、

「eIDカードは車の窓の霜を掻き落とすのにちょうどいい」

と揶揄《やゆ》の的となった。

冬の朝、車の窓についた霜を落とすとき、財布にあるeIDカードがちょうどいい、というわけだ。

が、eIDカードでインターネットバンキングができたり、あるいは免許証や健康保険証のかわりになったり、電車の定期券のかわりになったりと利用価値が高まるにつれ、次第に何をするにも必要な、便利なものとなってきた。

いずれは、三分で税の申告ができ、三時間で起業することができるようになるという。

ラウリもeIDカードを使ううちに、次第に興味の対象が移ってきた。

たとえば、データ交換層のエックスロード。あるいは、かつてライライが口にしていたデータ大使館の構想。つまり、この水晶の国そのものへと。

調べていくうちに、現在のエストニアはサイバー攻撃に対して脆弱《ぜいじゃく》で、国民のデータを守るためには、もう一つ発明が必要であると感じるようになった。

このときラウリが書いた論文、「改竄《かいざん》不能なデータに向けて——いかにして国民のデータを守るか」が目に留まり、修士課程の修了後、ラウリは設立したばかりのガードタイム社に勤めることとなった。

二〇〇七年、ラウリは三十歳になっていた。

*

前々から打診していたライライ・キュイク教授との面談がようやく実現した。

いや、元教授である。ラウリの、そしてわたしの導き手となったライライはすでに七十一歳という齢で、タリン郊外の一軒家で静かに暮らしていた。

ライライは基礎疾患があるからとＣＯＶＩＤ予防のマスクを着用していて、会うなり、わたしにそのことを詫びた。

彼女はわたしを迎え入れると、

「イヴァン、本当に懐かしいわ。あなたのプログラム、ちゃんと覚えてるんだから」

と言い、傍らの夫に向けては、

「元プログラミングの天才少年。エストニアにほしかった人材の一人よ」

とわたしのことを紹介してくれた。

夫が気をきかせて犬の散歩に出て、それから話がはじまった。ライライはわたしのことも聞きたがったが、それはそこそこに、ラウリの話へと水を向けた。

「ガードタイム社に入ったラウリは、具体的にはどういう仕事をしたのですか」

「いまでいうブロックチェーンよ。それも、世界初の」

やはりそうか、という思いと、まさか、という思いが交錯した。

「ブロックチェーンというと、あのビットコインとかで使われる……」

「そう。エストニアはビットコインよりも先に、もっと言うならばあのサトシ・ナカモト論文が出るよりも先に、いまでいうブロックチェーン技術を導入していたから」

「それにラウリがかかわっていたと?」

「ガードタイム社に入ってからの彼のことは、本当のところ、あまり知らないのよね。わたしがよく知るのは、プログラミング講師としての彼だった。それから、KYBTに夢中だった子供の彼。ただ、ラウリが関与していたのは、まさにブロックチェーンであったと聞くわ」

講師としてのラウリについて訊くか、それともブロックチェーンについて訊くべきか。しばし迷い、わたしは質問を重ねた。

「まずは話の背景として、なぜエストニアが国家としてブロックチェーンを導入したのか、おおよそのところをお聞かせいただけますか」

ライライは軽く頷くと、話の前にとミントのハーブティーを淹れてくれた。

「……きっかけは、二〇〇七年、ロシアによるサイバー攻撃」

「サイバー攻撃は出所がはっきりせず、隠されるものですが……」

「ロシア以外に考えられない。ロシア人であるあなたには悪いけれどどね」

ライライがマスクを持ちあげ、軽く、ハーブティーで口元を湿らせた。

「当時、エストニアには三十万人ほどのロシア系住民が住んでいてね。その彼らにとって、シンボルのような記念碑があった。それが首都タリンの中心部、第二次大戦でのソ連の勝利を記念した青銅の兵士像。毎年、五月九日には、その前にロシア系住民が集まり、戦勝記念を祝って大騒ぎをしていたものだった」

「政府としては、あまり嬉しい出来事ではありませんね」

「その通り。だから、二〇〇七年の四月、エストニア政府は記念碑の移設を決定した。これを受けて、ロシア系住民による暴動が起きた。サイバー攻撃は、この移設決定のちょうど翌日に発生した」

政府機関や銀行へのサイバー攻撃がつづき、このとき、インターネットバンキングが停止した銀行もあったという。これにより、ガソリンや日用品が買えない人たちが続出した。

「世界初の、国家を対象としたサイバー攻撃だった」

政府の基幹システムは無事であったが、国内の銀行取引の九五パーセントはすでにオンラインで行われていた。

これが、エストニア政府にとって再考のきっかけとなった。

「得られた教訓は、サイバー攻撃やコンピュータ犯罪に対処するための規制が充分でなかったこと。国際的にも、こうした脅威に対処するための、国をまたいだ法的な枠組みはなかった。そしてもう一つ。国家に対するサイバー攻撃において、もっとも危惧すべきこととは何か？」

先生が問題を出すように、ライライが言葉を区切ってわたしに目を向けた。

刹那、わたしは考える。

データが失われることか。否。

ハッキングか。否。

「……データが改竄され、完全性を失うことです。すなわち、情報の死」

よくできましたというように、ライライが頷く。

「有名なビットコインを例に出しましょう。あれは簡単に言うと、世界中に同一の台帳があって、それと暗号技術とを組みあわせることで改竄不能性を実現している。もう少し正確に言うと、改竄があってもそれを追跡することができる」

いわゆるブロックチェーン技術だ。

これは、わたしも昔はプログラミングをやっていたからわかる。

「わたしたちの仕組みはビットコインとは異なるけれど、根本の思想はそうは変わらない。ブロックチェーン技術で国と国民のデータを守ることを、わたしたちは考え出したってわけ。それが、わたしたちがブロックチェーン国家と呼ばれる所以《ゆえん》」

「ガードタイム社はエリート集団でしょう。博士卒ではないラウリがなぜそこに?」

「論文がよかった。『改竄不能なデータに向けて——いかにして国民のデータを守るか』はまさしく二〇〇七年の状況を予知していたから。だから、ガードタイム社も、ブロックチェーンを作るプロジェクトに彼を招き入れたみたいね」

正確には、このときブロックチェーンという名前はなかった。

二〇〇八年に、エストニアはビットコインのような分散型台帳技術、「ハッシュ・リンクト・タイム・スタンピング」という技術のテスト運用をはじめる。ビットコインの祖として有名なサトシ・ナカモト論文が発表されたのが、同じ年の十一月。

二〇一二年になり、ガードタイム社のブロックチェーン技術をエストニアは国家レベルで正式に運用しはじめる。この技術が、あらゆる場所でデータ取引の安全性を守っているわけだ。

「ラウリの論文は、ブロックチェーンを扱っていたのですか」

「実際は異なるけれど、概念としてはそれに迫る、予見させるような内容だった」

もう少し、ラウリの論文について訊こうとした。

それよりも先に、ライライが目を細めて懐かしそうに語った。

「あなたたち二人は天才だった。わたしはいまもそう思ってる。だから、あなたがプログラミングをやめてジャーナリストになったのはちょっと残念」

「……わたしはそういうのではありませんよ。どちらかと言えば、努力型でした」

「そうね」

ライライはすぐに認めた。

「ラウリが天真爛漫《らんまん》にプログラムを書くのに対し、あなたは何ができるか、どういう部品ができるか、それをどう組みあわせるか、じっくり考えるタイプだった。でも、そこがよかった。そうだったからこそ、二人で一つという感じがした。あなたたち二人がいれば……」

ライライが声をくぐもらせる。

わたしは居心地が悪くなって、話の矛先を変えた。

「いまこの国では、五歳児がプログラミング教育を受けています。同じような――いや、もっとすごい子供はたくさん出てきているのでは？」

「比較ができないのよね」

また、ライライがマスクを緩めてお茶に口をつける。

「有望な子供たちはもちろんたくさんいる。でも、黎明期《れいめいき》に一から道を作っていたあなたたちと、すでに道がある状態からはじめた子供では、比較というものが難しい」

「デジタル教育のための国家計画はありますか」

故郷の祖母のような顔をしていたライライが、すっと、おおやけに見せるような引き締まった表情になった。

「国家計画なんてものはない。一つには、デジタル教育は日々変化していくから。でもそれ以上に――わたしたちはソビエトではなく、民主主義国家であるから」

力強い、確信に満ちた口調だった。

ロシア人のわたしとしては、複雑な思いもある。それでも、こう断言できるライライは眩しく思えた。逡巡《しゅんじゅん》してから、わたしは最後の質問に入った。

「いま、ラウリの居場所はわかりますか」

「それがわからないのよね。最後に会ったのはだいぶ前だし……。メールアドレスはもらっていたけれど、それも古くなっているみたいで使えなくなっちゃって」

これを聞いて、わたしはがっくり来てしまった。

ボフニャ村のラウリの両親はすでに他界していて、家には別人が住んでいる。カラマヤにあった彼の住まいも、再開発されていまはもうない。ネーメもヘルギも知らないと言う。ヴェリョが手伝って探してくれたが、ラウリのものらしきSNSのアカウントもないのだった。

ただ、検索しても墓はない。どこかに、ラウリは生きているのだ。

「わたしも少し前なら現役だったけれど、もう引退してしまった身だから……」

「引退したのは、やはり、データ大使館の実現を見届けたからですか」

「その通り。二〇一四年のロシアによるクリミア侵攻、そしてその後のウクライナ侵攻で、わたしたちの考えの正しさは証明された」

——国とは領土ではなくデータである。

——データさえあれば、いつでも、どこからでも国は再興できる。

まるで、新しいスマートフォンにクラウドからデータを復旧するように。

ロシアのような大国には、想像もつかないような発想の転換である。

ライライはアドバイザーとしてこのプロジェクトに精力を注ぎ、ルクセンブルクのデータ大使館開設にこぎ着けたのだ。

なかば冗談でわたしは訊ねた。

「……ラウリの所在、エックスロードを使ってわかりませんかね」

「仮にできたとしても、それをやったら犯罪になる。職務上知り得たデータを開示すると、厳罰に問われる。だからこそ、国民はエックスロードを信頼してくれているの」

——すぐそこにラウリの影があるというのに。

あと一歩。そのあと一歩が、やけに遠く感じられた。


その晩、「豚肉のライ麦パン」を食べませんかとガイドのヴェリョが言い、わたしたちはタリンのレストランに入った。ヴェリョのおすすめの店ということで、オーダーも彼にまかせた。

まもなくして、冷製スープが来た。

酸味が強く、ビーツがたくさん入ったかわいらしいスープだ。

無作法であったかもしれないが、わたしはスマートフォンでビットコインの価格を表示してテーブルに置いた。二〇二一年のバブルのころとは比べものにならないが、それでも、少しずつ価格を上昇させている。

いま、暗号資産を持つロシア人は多い。きっかけはロシアによるウクライナ侵攻だ。わたしはその是非を問える立場にはない。ないが、一つの事実として、制裁を受け、急速に閉ざされていく国において、暗号資産は一つの有力な選択肢となった。

わたしのようにビザがあり、資金があり、ワクチンを接種して出国できたとして、キャッシュカードは使えないし、オンラインで預金にアクセスすることもできない。そこでわたしが頼ったのが、ビットコインであったのだ。

「あがりましたか」さして興味もなさそうにヴェリョが問う。

「出国したときよりはあがった。だいぶ助かったよ」

豚肉のライ麦パンが来た。

これは名前はパンだが、角切りのライ麦パンに似ているというだけで、実際はミートローフのような料理だ。豚の挽き肉とレバーを使ったもので、口に入れるとじんわりと肉汁が溶け出てきて、うまい。

ヴェリョがフォークを置いて、ふと、こんなことを言う。

「サトシ・ナカモトの正体は、もしかしたらラウリかもしれませんね」

「まさか」

わたしは笑い飛ばしたが、本当は心のどこかで、そうであったら面白いと思っていた。

「これからどうやってラウリを探しますか?」

「まずは、ガードタイム社に問いあわせるしかないだろうな。もしラウリがまだガードタイム社にいるとして、取材という体裁なら、案外、実現するかもしれない。連絡は……やはり、ロシア人のわたしよりはヴェリョがいいと思う」

「プレス向けの連絡先があるでしょうから、そこからアクセスできればよいですね」

「一応、わたしの名前を伝えてもらえるか。イヴァン・イヴァーノフ・クルグロフという男が取材をしたがっていると。もしかしたら、ラウリに伝わるかもしれないから」

「わかりました」

＊

いま、ラウリは四十六歳でガードタイム社のプロジェクトマネージャーをしている。

三十歳で入社したころは、憧れのブロックチェーン――まだそのような名前はなかったが――に従事できたものの、仕事自体は末端のプログラマ、つまり下流工程だった。

それから国が本格的にブロックチェーンを取り入れ、ラウリも徐々にだが昇進し、責任のある立場につくことができた。

部門は研究開発である。

現在は、将来導入される可能性のある、量子ブロックチェーンの研究に従事している。というのも、いま、量子コンピュータが世界中で急ピッチで発展している。そしてよく知られている通り、量子コンピュータという代物は、暗号を破ることができる。

暗号によって成立しているブロックチェーンは、ものによっては脅かされる。

そこで、量子コンピュータの技術と新しいブロックチェーンを組みあわせた、量子ブロックチェーンというものが考え出されている。従来型のブロックチェーンと異なるのは、量子演算、量子情報理論、量子力学などに基づいてそれが構築されることだ。

実際の仕組みは、タルトゥやタリンの大学を出た博士卒が考えてくれている。ラウリの仕事はその全体の取りまとめや進捗管理、そして上との折衝である。時間のほとんどは会議に消費される。昔のようにプログラミングができないのは寂しくもあったが、この仕事にはそれなりに満足している。何より、ラウリ専用の部屋がある。

昔と変わらないのは、いい服を着ないということだ。

その理由は自分でもうまく説明できない。かつて、アーロンやヘルギが憧れた高級な服。けれど、ラウリの目には、二人が翻弄されているようにも見えた。だから、いい服は着ない。

それが、ラウリの世界に対する小さな抵抗だった。

昼前、ラウリの部屋に珍しい客があった。広報担当の女性だ。ラウリは技術や営業と話をすることは多いが、広報と話をすることは少ない。

「一応、お耳に入れたほうがいいかと思いまして……」

と言うので、何事かと身がまえた。

「プレス向けの窓口に、ラウリさん宛ての取材の申しこみがありました」

「何か問題でも？　それならそれで、受けてもかまわないけれども」

「量子ブロックチェーンに対する取材ならわかるのです。ですが、ラウリさんがどんな仕事をしているかもご存知ない様子で、ただ、ラウリ・クースクに話を聞きたいと言うのです」

「それは妙だね」

「連絡を取ってきたのはエストニア人でしたが、ロシア人の代理だそうです。そのこともあり、広報としては断りを入れておきました」

仕事が国策とかかわっているので、ロシア人との接触は慎重を要する。

たとえば、いまラウリは社の寮に暮らしている。

が、あるときそこに怪しいロシア人男性をつれてきた同僚がいた。その男がロシアのスパイだと疑われ、同僚は馘首《くび》にされた。

仕事が仕事なので、社はこういうことにはきわめて厳しくあたる。

「……もしかして、ぼくは疑われているのかな?」

「そうではありません。もしラウリさんが疑わしいならば、そもそもプレスの窓口を通した申しこみなどされないはずです。ただ、社にとっても重要な時期です。一応、気をつけていただきたいと思いまして。どうか迂闊《うかつ》な行動を取ったりなさらないよう……」

「わかった」

ラウリが答えると、女性が一礼して部屋を出ようとする。それを呼び止めた。

「ロシア人と言ったね。メールに名前は書かれていたか?」

「ええ。確か、イヴァン・イヴァーノフ・クルグロフと。それが何か?」

「そうか」

努めて冷静な口調でラウリは答えた。

「ありがとう、いや、なんでもないんだ」

扉が閉ざされたあとで、ラウリは天井を仰いだ。それまでやっていた仕事や、頭に入っていた綿密な工程表がすべて消し飛んでいた。

イヴァン。

イヴァンが、自分に会いに来てるだって?

いや――すぐに、信用するわけにはいかない。これまで、スパイがラウリに接触してきたことは一度二度のことではない。ラウリとイヴァンのことを知った誰かが、イヴァンを騙《かた》っている可能性だってないとは言えないのだ。

怪しいロシア人と会ったというだけで、馘首になりうる仕事である。

けれど、イヴァン。

もし本当だったら? 彼が昔のことを覚えていて、それで会いに来たのだったら?

悩みに悩んで、ラウリはデスクから便箋と封筒を取り出した。

もし本当にイヴァンであれば接触するだろう一人、ライライ・キュイク元教授の住所を封筒に書きつける。メールでもよかったが、内容が内容である。

まず、ライライへの手紙を書いた。長いこと会っていなかったことの詫び。それから、もし「彼」からの接触があったら手紙を渡してほしいこと。

「彼」への手紙は念のため、短いものとした。

「もしきみがあのイヴァンだというのなら……」

それから卓上のカレンダーを見て、空いた日程を探る。

「一月二十二日の日曜の昼、あの三角ブランコで待つ」

その日曜日、ラウリは自家用車でボフニャ村を訪ねた。

両親が他界してからは、もう来ることのなかった村だ。村の南にある黄色い二階建てにはすでに赤の他人が住んでいるし、樫と赤松のあるあの庭には知らない犬がいる。

昔よりも大きくなった並木の道を歩きながら、ラウリは思い返す。

――プログラミングは楽しい。でも、みんなにはそれがわからないみたいだ。

――自分の見えるこの世界を、みんなにも見えるようにしてあげるには？

かつてそう思ったラウリはもういない。イヴァンが現れたし、新たに、子供たちに教えることもできた。いまやこの国は、誰もがプログラミングをやる国へと変わった。

そう、イヴァン……。

しかし、ぼくに彼に会う資格はあるのだろうか。直接そうしたというわけではないにせよ、カーテャを傷つけ、一度はコンピュータをも手放した。いまでこそ、国のインフラにかかわる研究開発のマネジメントをしているけれども。

そして、そう。

イヴァンは何をやっているのか。やはり、コンピュータか。いま、ロシア人はプログラミング・コンテストで毎年好成績をあげる。案外、そういう子供たちを教えていたりするかもしれない。

自然と、口元に微笑が宿った。

昼まではまだ早く、いまさら会うような知りあいもいない。どうしようか思案していると、あの村はずれの教会が目に入った。

まさかもういないだろうと門をくぐると、いた。すっかり老人となったリホが、あいかわらずくしゃくしゃのワイシャツを着て大麻煙草をふかしていた。

そのリホを、壊れた壁から幾筋かの光が射しこんで照らしていた。

「こんな教会になんの用だい。告解なんて面倒なもんはやっちゃいねえぞ」

カトリックの神父だというのに、そんなことを言う。間違いない。

「リホ」

名前を呼ぶと、はてというように、リホがまじまじとラウリの顔を見た。

「ラウリ！ ラウリじゃねえか！ ずいぶん懐かしいな。葬式のとき以来か？」

両親が事故で亡くなったのは、ラウリがガードタイム社に入って一年後のこと。だから、約十五年前だ。

「いいことでもあったのかい。少し、嬉しそうな顔をしているぞ」

「もしかしたら、親友に会えるかもしれない」

ラウリは抑揚なく答えた。

「ただ、それは罪なことかもしれなくて……」

リホはラウリに向き直ると、両耳につけていたイアホンを外した。手元にあるのは、ｉＰｏｄだ。自由化を経て、好きなだけ、好きな音楽が聴けるようになったということだろう。

口にくわえていた大麻煙草を、リホがラウリに差し出した。

「喫うか？」

ラウリはそれを断り、木のベンチの一つに座った。

リホが煙草を喫い、肺に溜め、ゆっくりと煙を吐いた。

「そうだ、ここでいろんな勉強をさせてもらったね。ここが、ぼくにとってもう一つの学校だった」

「俺は何もしちゃいねえ。おまえさんが勝手に居座って勉強してたんだ」

「会えてよかった。とっくに肺癌で死んでるかと思ってたよ」

「馬鹿言うな」

そう言って、リホが少しむせた。

「好き勝手生きてるやつは案外に長生きするもんさ。おまえさんのご両親は残念だったがな……。さて、おまえさんはどうだろうね？　そうだな、好き勝手生きてる、って感じでもねえな」

「あいにくね」

苦笑して、ぽきりと首を鳴らした。

「幸い、好きな仕事はできている。でも――」

ガードタイム社の仕事はやりがいがある。けれど、スケジュールは分刻みだ。それに。

――どうか迂闊な行動を取ったりなさらないよう……。

「代償もある」

「それで、なぜここに？」

「単に懐かしかったから……いや、そうじゃなくて、やっぱり話をしたかったのかもしれない」

「俺もすっかり爺《じじ》いになって、おまえさんに言えることなんかそうないが……」

リホが短くなった煙草を床に放って、靴で揉み消した。

「おまえさん、いまこうやって俺と話すことに何か抵抗でもあったかい」

「何も」

答えてから、奇妙な気づきがあった。そうだ、何もなかった。

「そうとも。親友と会うのに理由なんかいらねえ。何年ぶりか知らねえが、話題なんかなくたっていい。二人で空でも見てればいいのさ。どうだ、俺は何か難しいことを言っているか？」

しばし、リホの言を心中で反芻《はんすう》する。

それから、ラウリは首を振った。難しいことはない。立ちあがり、リホの肩を叩いた。

「煙草はほどほどにね」

手を振って、教会をあとにする。

それから、三角ブランコのある村はずれの林に向かった。一人で考えごとをしたいときに、よく訪れたあの林。棒切れで地面にプログラムを書いていたのは、いつのことだったか。イヴァンと会ったのは、そう、ちょうど太陽系の絵を描いていたときだ。

――もっといいプログラムを書くんだ。

――もっとすごいものを組んで、技術を突きつめたとき……。

――そうだ、解明する。

――人がなぜ死ぬかも、どこへ行くかも……。

あれから、ぼくは前に進めただろうか。〝解明〟に一歩進めただろうか。データ大使館という情報空間の不死、そしてブロックチェーンというデータの不死。近づいてはいるかもしれない。

でも、技術の道はさらに限りなくつづく。

技術の神が百を知っているとしたら、自分は、せいぜい一か二だろう。せいぜい、少しずつ供物を作るだけだ。機械の心臓となる水晶、その水晶の精霊に捧げる供物を。

三角ブランコの前まで来た。

ずいぶん古くなっていて、少し動かすと、ギー、と大きなきしみをあげる。

このとき、ラウリのスマートフォンが着信音を鳴らした。嫌な予感がして画面を見ると、上司の名がある。逡巡ののち、応答ボタンをタップした。早口に上司が言う。

「いま、いいか」

よくはないが、いいと答えた。

「チームリーダーのマルトゥが交通事故に遭った。全治三ヵ月だそうだ。早急に、計画を立て直さなきゃならん。日曜に悪いが、いまから社に来れるか？」

＊

ライライから手紙を受け取ったわたしは車をチャーターし、ガイドのヴェリョとともにボフニャ村に戻った。すぐに、ラウリとはじめて会ったあの三角ブランコのある林を目指した。

行く道、ヴェリョにラウリとの出会いを話すと、思わぬことを指摘された。

「このあたりだと、夏至祭でブランコに乗るのは恋人同士なのですよ」

するとなんだ。わたしとラウリは、いわば最初から恋人同士だったというわけか。

昼前、三角ブランコについた。まだ誰もいない。それが昼過ぎになり、時計は二時を回った。

まだかろうじて動くブランコに寄りかかり、ヴェリョが遠慮がちに言った。

「何か事情ができたのですよ」

ヴェリョが寄りかかったことでブランコが動き、その踏み板が陽光を反射して光った。近づいてみる。踏み板に、水晶が一つ置かれていた。

間違いない。

タルトゥ時代、ラウリに贈った水晶だった。

拾いあげ、太陽に透かしてみる。この水晶を贈ったときの経緯は、確か……。

「昔、ラウリにあげたものだ」

首を傾げるヴェリョに、そう説明してやった。

「でも、こうして返されてしまった。もう会えない、そういうことだろうか」

もちろんそうとは限らない。

たとえば、ここまで来たけれど何か事情ができた。書き置きをするような時間がなかった。だから、目印になるものを置いた。そういう可能性だってある。

でも、しかし——。

「何、馬鹿なことを言ってるのですか」

ヴェリョが呆れたようにぴしゃりと言った。

「事情があったんです。ここまで来れば、わたしだってラウリとやらの顔を拝んでみたいですよ。雇い主のあなたがそんなことで、いったいどうするのですか……」


タリンに戻るまでの一時間あまりは、ほぼ無言だった。

ヴェリョはあのように言ってくれたが、わたしはやはり、やっと会えると思ってしまったのだ。三十年以上も待った。あと少しで、ラウリと再会できると思った。

それなのに彼の影はなく、水晶だけが残された。返された。

わたしとしては、やはりラウリに突き放されたように感じてしまったのだ。

「少年時代、わたしたちはKYBTという機械に情熱を傾けていたわけだが――」

車中、それとなく、ヴェリョに向けて話しかけた。

ヴェリョは静かに相槌を打ちながら、聞いていますよというようにこちらの目を見る。

このヴェリョというガイド兼通訳は実に話しやすい。必要があれば話をしてくれるけれど、そこに空白を埋めるだけの無駄話はない。

むしろ無言の時間に、意味が生まれる。そういうタイプの話し相手なのだ。

このガイドと行動を共にしてだいぶ経つけれど、彼の性格には幾度も助けられてきた。

「紆余曲折あって、いまラウリはコンピュータの仕事をしている。それもたぶん、すごいことをやっているんだろうな。それなのに、ぼくは最初からコンピュータの仕事には就かなかった」

「なぜです？」

「事情があってね。だから、うしろめたくも感じているんだよ。ラウリに対して」

ヴェリョは軽く頷くのみで、否定も肯定もしなかった。

「これまではラウリに会いたい一心でエストニアにいた。でも、迷ってしまって……」

ここでやっと、ヴェリョがおもむろに口を開いた。

「しっかりしてください」

「そうだなあ……」

「ライライさんがラウリから受け取ったという封書は、ガードタイム社からのもの。だから、彼女もいまだにラウリはガードタイム社にいるとしか知らないわけですが……」

「かといって、またガードタイム社にアクセスしても、同じことになりそうだね。困った。でも、これが運命という感じもする。会えこそしなかったけれど、水晶を受け取ることができた。少なくとも、近づくことはできたんだ。今回の取材は、もしかしたらここまでなのかもしれない」

このわたしの発言をヴェリョは無視した。

「もう少し考えましょうよ。そもそも、どうしてラウリはこんな迂遠な方法を取ったのか。

なぜ自分の連絡先もよこさず、ボフニャ村の三角ブランコなんかを指定してきたのか」

「そこが思い出の場所だったから……」

「そうです。思い出の場所でも指定するしかない、そういう事情があった」

車が一台、風を切る音とともにわたしたちを追い抜いていく。

「わかりませんか」とヴェリョが言う。

「さあ……」

「ガードタイム社はいわば国の情報インフラを支える企業です。セキュリティは相当厳しいはず。事実、わたしたちの取材も断られたわけですしね。そんななか、ラウリは不思議な提案をしてきた。ブランコで会おう、と」

そこまで聞いて、やっと得心が行った。

「あ――」

「そうです。ラウリは確信が持てないのです。あなたが、本物のイヴァン・イヴァーノフ・クルグロフであるかどうか。もしかしたらあなたの名を騙ったスパイかもしれない。おそらく、職務上自由に人と会うのもはばかられるはずです」

「でも、現にブランコにラウリはいなかった……」

「理由はわかりませんが、親戚の叔父さんが倒れでもしたんですよ」

「それならば、確実にわたしがイヴァンだと、なんらかの形で伝えられれば――」

そこまで言ってから、急に心中で何かがしぼんでいった。

「でも、水晶も返されてしまった」

また、短い無言が訪れる。それから、はあ、とヴェリョが音を立ててため息をついた。

「イヴァンさん、恐れながら頭がいいようで抜けていますね。いまのいままで、ラウリはあなたが贈った水晶をずっと大切に持っていた。その意味がなぜわからないのです。なぜわかってあげられないのです」

いつの間にか、車外の景色は都市に変わっていた。

タリンだ。車がスピードを落とし、わたしたちが泊まっているホテルにつける。

二人でホテルのカフェに入り、コーヒーを頼んだ。

「イヴァンさん。わたしはガイドです」

ソファに向かいあったところで、ヴェリョが力強く言った。

「求められればガイドをやる。でも、雇い主が求めてくれなければ何もできません。ですから、改めて問います。あなたはどうしたいのか。本心はなんなのか……」

前屈みに、わたしは両手で眉間を支えた。

「会いたい」

そう、それが本心だ。それを曲げてしまえばなんにもならない。

「とにもかくにも親友と会いたい！　ヴェリョさん、助けてくれないか」

「そうです。そう来なくては」

答えて、ヴェリョが器用に片目をつむってみせた。

＊

ガードタイム社のラウリの部屋に封書が届いたのは、その二日後だった。

封筒を手にすると、ごろりとした感触があった。鋏で開けると、あのときの水晶が転がり出てきた。もう一枚、便箋が入っている。便箋というか、ホテルの部屋にある備えつけの用紙だ。そこに、手書きでホテルの住所と部屋番号、それから電話番号が書かれている。

それだけだ。いや、便箋の下の余白に絵が描かれていた。太陽系の絵だ。

はじめてイヴァンと出会った林で、ラウリが地面に描いていた太陽系――。

――円を描く。

――惑星の周囲に見えない同心円をたくさん描く。それでどうだ？

間違いない。すぐ近くに、イヴァンが来ている。来て、ラウリのことを待っている。

いますぐにでも、仕事を投げ出して会いに行きたい。

その思いを、理性で押しとどめた。足元をすくいにかかる連中も、少なくない世界である。たとえば、誰かにイヴァンとの会合を見られでもしたら。罪に問われるようなことではないが、もしかすると仕事に差し障るかもしれない。迂闊なことをするなと言われた矢先でもある。

テーブルに両肘をつき、手で顎を支える。

思い出したのはリホの言葉だった。

——この国でまっすぐ生きるのは難しい。まっすぐ生きたいと思ったら、多かれ少なかれ、ロシア人連中の言うことを聞かなきゃならんからな。

この国が、まだソビエトであったころのことだ。

——この国で、光のある道を生きろとは言えない。だからせめて、おまえさんはまっすぐ、したたかに生きてくれよ。

まっすぐ、したたかに。

ラウリはテーブルの電話機を取ると、内線ボタンを押した。

＊

わたしとヴェリョは、さしあたりラウリからの連絡を待つだけになったので、それまであまりやっていなかった市内の観光をした。通常ならば〝おとぎの国〟と称される場所――中世の面影が残る旧市街を歩くのだろうが、わたしはソビエト時代の遺産を見てみたいと申し出た。

それでヴェリョが少し迷って、わたしをテリスキヴィ地区につれていった。

「紡績工場時代のラウリがビールを飲んでいたあたりです」

と歩きながらヴェリョが案内してくれた。

「いまは倉庫街をリノベーションして、雑貨やコスメなどを売るお洒落な場所になっているのですよ」

テリスキヴィでコーヒーを飲んで、その足でバルティ・ヤーマ広場に向かった。

かつてラウリが住んでいた場所、カラマヤの西である。

ここも近年改装されたそうで、いまは食料品やアンティーク店、セレクトショップなどが並ぶ。わたしはビタミンが不足していると感じ、生鮮食品店でベリーを買った。

ソ連時代の建物――いわばわたしたちロシア人が残した傷痕を、エストニアの人々はたくましくお洒落なスポットに変える道を選んだようだ。

広場の喫茶店でふたたびコーヒーを飲みながら、わたしはこぼした。

「ラウリは本当に連絡して来ると思う?」

片方が気弱になるほど、もう片方が気丈になるようで、

「当たり前ですよ」

とヴェリョがきっぱりと答えた。

その翌日のことだ。ヴェリョの言う通り、電話は来た。が、わたしたちが期待していたものとは少し性質が違った。まず、ホテルに連絡をよこしたのはマレットと名乗る女性記者であった。彼女が言うには、わたしとラウリ、その双方に取材をしたいらしい。が、ロシア語が不得手のようでよくわからない。

ヴェリョに電話を代わってもらった。

それで判明したのは、以下のようなことだった。つまり、独立を経たいまも、この国の人口の四分の一はロシア系の住民である。そのなかには、無国籍状態のままの者もいる。そして、どこもそうであるように、民族問題がある。

わたし自身差別を受けたことはあったし、以前取材した出版社も、通訳がエストニア

人のヴェリョでなければ便宜をはからなかったと、はっきりそう言っていた。

いまだに、エストニア系住民とロシア系住民のあいだに溝があるのだ。

そこで、マレット氏としては、わたしとラウリの三十年越しの再会を扱うことで、民族統合のシンボルとなるような記事を起こしたいとのことであった。

最初、わたしとしてはこの企画に消極的であった。

なぜ、友人と会うのにカメラを向けられなければならないのか。そうでなく、わたしはホテルのバーかどこかでラウリと積もる話をしたいのだ。

いったい、ラウリはどういうつもりでこんな企画を進めたのかと、小さく憤りもした。

対照的に、ヴェリョはこの話に前向きだった。彼としては、もとより民族問題を憂えている。わたしたちの手助けをするのも、そういう気持ちがあったからだという。

「けっこうな話ではありませんか」

とヴェリョはわたしを説得にかかった。

「ラウリと再会できて、それが公共性のある記事になるというのなら……」

結局のところ、選択肢はなかった。わたしはマレット氏の提案を受け、ホテルの一室でラウリとともに取材を受けることになった。どうあれ、ラウリと会えることに違いはないのだ。

まず、ホテルの一室に記者のマレットが来た。こちら側は、わたしと通訳のヴェリョである。仕事で遅れているのか、ラウリはなかなかやってこなかった。かわりに、マレットとあれこれと他愛のない世間話をした。明るい、感じのいい女性だった。

しばし遅れて——やっと、ラウリがやってきた。

「申し訳ない、どうしても会議が長引いて……」

頭頂部のあたりが禿《は》げている。が、確かにラウリだった。ラウリの目、ラウリの鼻、ラウリの口だった。瞬間、こみあげてくるものがあった。記者の存在はわたしの意識から消えた。それはラウリも同じようであった。

まったく同時に、わたしたちは固くハグを交わした。

「ラウリ」

と彼の名を呼ぶ。

「会えないかとも思ってた。確かにラウリなんだね。ああ、すっかり禿げちゃって!」

それから記者が咳払いして、写真を撮ってよいかと訊ねた。

それで、わたしたちは並んで壁の前に立ち、記者がスマートフォンで写真を撮った。

「積もるお話もあるかと思いますが、まずはわたしから質問させてください」

記者がそう言って、わたしとラウリに交互に質問していった。

どういう子供時代であったか。どこで出会ったか。それから、少年時代のプログラミング・コンペティションのこと。自分でも意外なほど饒舌《じょうぜつ》に喋った。それら昔のことが、すべて昨日のことのように思い出された。それは、ラウリも同じであったかもしれない。国の独立を経て、別れたあとの話になった。

ラウリは紡績工場や子供たちへの教育、ガードタイム社の話をした。ただガードタイム社での仕事については、「量子ブロックチェーンというものをやっています」と触れたのみだった。

わたしの番が来たが、こちらはたいしたことはない。

大学卒業後の一九九九年、ロシアの新聞社に入社した。そのまま記者として働き、ノーヴァヤ・ガゼータ紙に移った。担当は政治。それが評価され――むろん体制の許す範囲だが――徐々に、自分の好きな取材ができるようになった。それで、四十六歳を迎えた今年、エストニアのＩＴ事情を取材するという名目で、ラウリの国であるエストニアに渡ってきた。

記事としては、もう充分に話が聞けたはずだ。

マレット氏に視線を向けると、「もう一度ハグしていただけますか」と頼まれ、わたしたちは赤面しながら再度抱きあい、スマートフォンのフラッシュを焚かれた。

ラウリが来てから、ここまであっという間だった。

それなのに、これで終わりという雰囲気ができてしまった。記者がいたこともあり、ラウリの話はどこか他人行儀でもあった。これだけで終わりにしたくない——。そんなわたしの思いはラウリにも通じたのか、記者が帰ったあと、

「二人で話そう」

とラウリがわたしの肩を叩いた。

「ここのホテルのバーがいいだろう。もう、ロシア語もすっかり下手になってしまったけれど……」

それから、ラウリがロシア語でわたしに詫びた。

本当は、記者など入れたくなかったこと。でも、かつてロシア人と会った同僚が馘首になったこと。イヴァンなら大丈夫だとは思ったが、こうなったらいっそ美談に仕立てあげて、世間に何も言わせないような、そういう保険がほしかったこと。

これで、わたしのなかに少しだけ残っていたわだかまりも解けた。

ヴェリョに目を向けると、「それでは」と口角を持ちあげて彼も部屋を出て行った。

バーカウンターの奥まったところに二人並ぶと、しばし無言が訪れた。気まずい無言

ではない。いつも一緒にいて、沈黙さえ心地よかったころの、あのころの沈黙と変わらない。

ラウリがスコッチのロックを頼み、わたしもそれにならった。

「最初は墓を検索したんだよ」

とわたしは切り出した。

「ほら、この国では墓が検索できるだろう。それで出てこないから、生きていると思った。ただ……ご両親のことは、残念だったね」

「交通事故だった。即死だったようで、それが幸いだ。イヴァンの親は?」

「うちは健在だ。元ソビエト共産党員で、あいかわらずいい車に乗っていて……。ただ、そんな親だったからぼくらは出会えた。ぼくはわがままを言ってタルトゥの中学校に行けたし――そうだ。いま、ビザが出て海外取材ができるのも、結局は親のおかげなのかもしれない」

オン・ザ・ロックが出てきた。

二人でそれを持ちあげ、静かに乾杯を交わす。

「プログラマにはならなかったんだな」と、これはラウリだ。

わたしはからんとグラスを揺らし、軽く頷いた。

「高校時代に友達はいなくてね。いや、いるにはいたが——」

ラウリとの結びつきを考えてしまうと、誰も彼も、どうしても本当の友達とまでは思えなかった。けれど、ラウリとの文通の内容も互いに遠慮がちになってしまった。

「それから大学に進んで……ほら、あのころはソビエトも崩壊したばかりだったろう。歴史に翻弄された人たちをたくさん見てきた。それで、少しばかり政治に目覚めた。わたしの興味はどちらかというと、政治というより、政治に翻弄された人々のほうにあったけれどね」

「それで記者に?」

「うん。しばらく働いて、さっき話したように会社を移って……」

「ロシアには暗殺された記者もいたと聞く。きみは大丈夫なのか」

「そういう同僚もいた。でも、幸か不幸かわたしにはそこまでの度胸はなかった。ときおり御用記事を書いて、ときおり、少しばかり体制に反抗するような記事を書いた」

「それでいい」

静かにラウリが答えた。

「それでいいんだ」

たった一言二言だが、ラウリの言いかたには重みがあった。自分の来しかたとも重ねあわせているのかもしれない。その一言二言が、わたしを救った。

「あのころが懐かしいね」

わたしは話の矛先を変えた。

「二人で、プログラムという水晶の精霊に捧げる詩を書いていたな。本当に、そればかりをやっていた。見ることも聞くことも、すべてプログラミングに結びつけてきた」

「もうプログラミングはまったくやらないのか?」

「ああ。でも、それはラウリもそうだろう。プロジェクトマネージャーをやっているっていうなら」

「まあね」

「いま、コンピュータは世界中にどれくらいあるのだろう?」

連想にまかせて、そんな疑問を呈する。

連想にまかせて連想のまま喋る。そんな昔みたいな時間が、いつしか蘇っていた。

「さあ……諸説あるが、スマートフォンや組みこみシステムをあわせると、百五十億はあると、昔何かの資料で読んだ。だから、いまはもっと多いだろうね」

「百五十億の水晶か」

「もっとも、いまは水晶発振器も微細工学《MEMS》の機械に置き換わりつつあるがな」

「水晶がなくなっていくのか。それは寂しいな」

それから、そうだ、とグラスを持つ人差し指を立てた。

「サトシ・ナカモトはおまえか？」

ラウリが噴き出した。

「まさか、そんなはずはないだろう。あんな論文を書いたら、ガードタイム社は馘首さ。いや、同僚の誰かかと疑ってはいるがね……」

「まったく心当たりはない？」

「ない。ただ、仕事柄ブロックチェーンは知っていたから黎明期のビットコインを採掘した。おかげで、暮らしはだいぶ楽になったよ」

「いまはなんだ、量子ブロックチェーンか。なんだかわけがわからないな」

「ぼくもさ。わけがわからない」

冗談半分だったのだろうが、ラウリは真面目くさった顔つきでそんなふうに言った。

それから互いの家族の話になった。

わたしは結婚していて、サンクトペテルブルク——かつてのレニングラードを離れ、会社のあるモスクワに居をかまえている。子供はいない。

「エストニアに越してこいよ」

ふざけてそんなことを言うラウリは、まだ独身だと言う。これまでヘルギを含む四人の女性とつきあったが、皆、向こうから離れていったそうだ。

「たぶんぼくには、人を遠ざけるような、そういう壁みたいなものがあるんだと思う。そっちからやってきたのは、本当にイヴァンくらいのものさ」

それを聞きながら思う。子供時代は、そのような壁などなかった。それが子供というものだ。

正直なところ、いまもラウリに対しては壁を感じない。だが、ラウリの言うことも本当なのだろう。他者と一定以上に距離を縮められない、そういう人はいるものだ。

おそらく、ラウリがそうなったのは――。

「インテルフロントの一件があったからか」

「取材済みか」

急に酒が苦くなったかのように、ラウリが口角の片側を歪めた。

「たぶんそれもある。でも、それだけじゃないと思う。きみには話したことがあったかな。ぼくは昔、数字ばかりを書いていた子供だったって……。たぶん、いまもぼくの半分は数字でできていて、それが人を拒んでいる、そういうところがあるのだと思う」

ＫＹＢＴでプログラミングをやっていたころ、そういえば、わたしも身体の半分は数字でできていたように思う。あるいは、それがよかったのかもしれない。わたしを構成していた数字は、記者をやっていくうちに、拡散し、離れ、すっかりなくなってしまったけれど。

ラウリが空になったグラスを掲げ、二杯目を要求した。

「エストニアでは何を取材しているんだっけ？　ＩＴ先進国としてのこの国のこと？」

「一つにはそう。でももう一つ……」

いざ話すとなると気恥ずかしい。けれど、避けて通れないのも事実だった。

「きみのことを書きたかった」

「ぼくを？」

「ラウリ・クースクの半生を書こうとしている。それで、これまでもいろいろな人と会ってきた。もう、草稿もだいぶできているんだ」

きっかけは、数年前に狭心症を患ったことだ。そのときに心残りはあるだろうかと考え、自然と思い出されたのがラウリのことだった。

ラウリが目を丸くした。

「ぼくの話なんか書いてどうする。ぼくは歴史にかかわらなかった。別に、ブロックチェーンを発明したわけでもない。当然、サトシ・ナカモトでもない。ただの、歴史に翻弄された一人の中年の親父だ」

「そこがいいんだ」

強く、それだけは主張しておいた。

「皆、英雄の話には飽き飽きしている。わたし自身、さんざんそういうものを書かされてきた。でもそうでなく、わたしは、きみのような人の話を読みたいんだ。きみは一般には英雄ではない。でも、わたしにとっては……」

「そういうものかね」

「嫌なら仮名にしてもいい。いや、仮名にしなければならない人も実際いるだろう。そのうえで、どうしてもきみに頼みたいことがあるんだ」

二杯目のオン・ザ・ロックが来た。

ラウリがそれに口をつけ、訝《いぶか》しむようにこちらを見た。

「原稿を直してもらいたい。書かないでほしいことは削除していいし、あとは、わたしには知りえないことも無数にある。よければ、それを書き足してもらいたいんだ」

「ぼくが手を入れたら、客観的な伝記にならないだろう」

「わたしは、真実のラウリ・クースクに迫りたいんだよ」

「ふむ……」

カウンターに肘をついて、しばし、ラウリが思案した。

「きみに知りえないこと。それは、たとえば色の描写とかもか?」

突然、見えない拳に殴られでもしたような気がした。

「知っていたのか」と、わたしはなんとかそれだけを言った。

「馬鹿にするなよ」ラウリがそう言って苦く笑った。「ぼくたちは親友なんだぞ」

＊

話のつづきの前に、イヴァンが電話を一本入れると言って席を立った。

ラウリはそれを待って、バーテンにナッツを出してもらった。ちらと時計を見る。五分か十分しか経っていないと思ったら、まるで針が溶けでもしたように、一時間が過ぎていた。

まもなくしてイヴァンが戻ってきた。咳払いをして、ラウリは本題に入った。

「ぼくが最初に見たきみのゲームは、マルス3号の火星着陸。画面の星がきれいに流れていく様子に、ぼくはすっかり打ちのめされてしまったものさ。ただ、あのゲームはそれだけじゃなかった」

——画面はほとんど白と黒だけなのに、動きがいい。

「動きはいいが、画面は白黒だったんだ」

それから、とラウリは先をつづける。

「そもそも最初にぼくらが会ったとき、きみはこんなことを言っていた」

——きみとだったら、きっとこの灰色の世界も色づくだろう。

「中学校に入って、ぼくらはKYBTのデモプログラムを作って一躍注目を浴びた。そのときぼくが作ったのが花火のデモ。対してきみが作ったのは、雪が降る世界だ」

一貫して、イヴァンのプログラムは技術力がすごいが、色の表現に乏しかった。

「カーテャがKYBTで絵を描いていたことがあったね。ぼくはすぐにそのすごさがわかったけれど、どういうわけか、きみはカーテャの絵がすごいとは感じなかった」

——カーテャはプログラムこそ書かないものの、KYBTを使ってきれいな船の絵を描いていた。

——船の絵だな。そんなにすごいのか？

「カーテャと組むようになってから、きみのプログラムは色づいた。ただ、その後にも事件が起きた」

——この年のイヴァンの作が、失格となったのだ。

――理由は、ゲームの自機のデザインが、エストニアの三色旗を彷彿とさせる色あいになっていたこと。

「愛国者のカーテャは、つい三色旗の配色を持ってきてしまったのだろう。途中で気がつけば配色を変えることもできたはずだ。だけれども、きみはそれに気づけなかった」

それから、カーテャがイヴァンのゲームのデザインをすることをやめる。

「カーテャがデザインを降りてから、きみの世界はふたたび白黒になった」

――このときイヴァンが作りはじめたのは、宇宙戦艦のゲームだった。

――黒地の背景に、異なる二つの速度で流れる星空。

――そして、滑らかにドット単位で動く灰色の巨大戦艦。

「きみはつまり……」

さすがに、言い淀む。が、イヴァンはまっすぐにこちらを見ていた。

「一色覚《いっしきかく》。視力は正常だが色を識別できない。おそらくはM錐体《すいたい》またはL錐体のみを持つ色覚異常だ」

「その通りだよ」

イヴァンが穏やかに答えた。

「隠そうとしたが、さすがに隠しきれないものだな」

「なぜ隠そうとしたんだ？　別に、きみが一色覚だろうとなんだろうと……」

「そこが違う」

ぴしゃりと、イヴァンがラウリを遮った。

「わたしは、ＫＹＢＴのプログラムで世界を変えたかった。ＫＹＢＴがあれば、いずれは人の生死といったものまで解明できると思った。何より……ＫＹＢＴのプログラムできみと肩を並べたかった。あのとき、あの瞬間だけはきみのライバルでいたかったんだ。だから――」

隠した、というわけか。

色の表現はプログラムによっては生命線となる。その色が扱えないとなれば、おのずと限界が訪れる。

「だからか」

これで、ラウリも得心が行った。

「だからあんなにプログラムができたのに、プログラマになろうとは考えなかった」

瞬間、イヴァンの感情が爆《は》ぜた。

「本当はきみと一緒にやりたかった！　きみと一緒に、プログラミングをやって世界を変えたかった！　でも、それはかなわないと思ったから……ＫＹＢＴは、あくまでわたしの青春の一瞬のきらめきさ。そうだ、あの別荘《ダーチャ》で言っただろう。わたしは、人と人をつなげる仕事をしたいって」

イヴァンの視線が、バーの入口を向いていた。

誘導されるように、ラウリもそちらを見る。目を疑った。いたのは、車椅子の女性だった。薄暗いバーでも、すぐにわかった。カーテャだ。否——暗くて、顔はわからない。でも、立ちのぼる雰囲気があった。

そこにあるのは紛れもなく、子供のころの、カーテャのアウラだった。

先ほどのイヴァンの電話は、彼女を呼ぶものであったのだろう。

「なんで……」

それからイヴァンに目を向けた。

イヴァンは無表情に立ちあがり、「テーブルに移動しよう」と言って、椅子を一つどけてカーテャのための場所を作る。

言葉が出なかった。

口だけが幾度か開き、そして閉じる。さっきまでとは違う、気まずい沈黙だ。

彼女もまた押し黙り、イヴァンが作った空間に車椅子を潜りこませた。

「本当は、三人でダーチャで再会したかった」

イヴァンがそんなことを言った。

「でも、こんなところだろう。なに、何事もちょっとくらい未練があるのがいいのさ」

おずおずと、テーブルの一席につく。けれど、カーテャの顔を見ることができない。

その様子を見かねたのか、カーテャがこんなことを言った。

「ずいぶん長いこと、互いに避けてきてしまった。けれど、先にわたしを避けたのはラウリのほう」

「ぼくを」——許せなくないのか。

後半は口には出せなかったが、それでも、カーテャには通じた。

「許せないわよ」

端的に、カーテャがそう言った。

「でも許せない理由は、ラウリがわたしの障害を自分のせいだと考えていること。そして、罰でも受けるみたいにコンピュータまでやめてしまったこと」

「そうか」

即座に、そう口を衝いて出た。

確かにそうだ。ぼくは、言うなれば傲慢だった。ぼくは、ぼくを世界の中心に置いていた。

イヴァンだって一色覚というハンデを抱えてきたが、記者としてやっている。それを憐れんだりする権利は、誰にもない。

そういうことだ。

「もっと許せないのは、いっとき、ラウリがラウリの人生を生きようとしなかったこと。でも、もういいじゃない。いま、あなたは国のためにコンピュータの仕事に戻った。このエストニアのために、いまあなたは一所懸命に働いている」

いつの間にオーダーしていたのか、カーテャの前にカクテルのグラスがある。

それに気がつかないいくらい動顚《どうてん》していたということだ。

でも——いま確かに、カーテャはぼくを救ってくれた。そうしようと思って、手を差しのべてくれた。

「乾杯しましょう」

カーテャが手を伸ばし、カクテルグラスを持ちあげた。イヴァンとともに、グラスを寄せる。静かな、控え目な高音が響いた。それから、ふとこんなことを思った。そうだ。このウイスキーのグラスも、クリスタルだ。

「何から話そうか」

そう言ったが、考えるまでもなかった。

誰からともなく話し出し、話は連想を経て飛び、たちまち別の話になり、それが深夜になるまでつづいた。

＊

ラウリの話はこれくらいだ。

歴史にとっては意味のないかもしれない、けれども一つの時代を生きた、一人の人間。そのラウリを書き残すということ。それが、わたしがずっとやりたいと思っていたことだった。

データは不死だ。

ならば、わたしはラウリのデータを書き残す。記憶素子と、水晶の箱庭に。あるいは、図書館という人文のデータ大使館に。青春の一片を、わたしの親友を、わたしはデータとして残すことを選ぶ。

ラウリ・クースクという一人の男の、その生きた軌跡を。

## 主要参考文献

『民族の運命――エストニア 独ソ二大国のはざまで』石戸谷滋、草思社(1992)／『バルト三国の歴史――エストニア・ラトヴィア・リトアニア 石器時代から現代まで』アンドレス・カセカンプ著、小森宏美、重松尚訳、明石書店(2014)／『物語バルト三国の歴史』志摩園子、中央公論新社(2004)／「エストニアのMaausk：アニミズムを再考する」本間愛理(『北海道大学大学院文学研究科研究論集第14号』所収)、北海道大学(2014)／『エストニアを知るための59章』小森宏美編著、明石書店(2012)／『TRANSIT 47号 バルトの光を探して』講談社(2020)／『現地緊急報告 歌いながらの革命――クレムリンを揺がす小国エストニアの闘い！』津村喬、ＪＩＣＣ出版局(1989)／『リトアニア――小国はいかに生き抜いたか』畑中幸子、日本放送出版協会(1996)／『旅するエストニア料理レシピ――The Estonian Home Cooking Recipes』佐々木敬子、日本電子書籍普及協会(2021)／『ペレストロイカの子供たち――ソビエトの若者文化』ジム・リアダン編著、天野恵訳、ＴＢＳブリタニカ(1990)／『ペレストロイカのソ連』朝日新聞ソ連取材班、朝日新聞社(1988)／『ＩＴ立国エストニア――バルトの新しい風――』前田陽二、内田道久、慧文社(2008)／『未来型国家エストニアの挑戦【新版】――電子政府がひらく世界』ラウル・アリキヴィ、前田陽二、インプレスＲ＆Ｄ(2017)／『ブロックチェーン、AIで先を行くエストニアで見つけたつまらなくない未来』孫泰蔵監修、小島健志著、ダイヤモンド社(2018)／『いまさらですがソ連邦』速水螺旋人 絵・文、津久田重吾 文、三才ブックス(2018)／『エストニア紀行――森の苔・庭の木漏れ日・海の葦』梨木香歩、新潮社(2016)／『ビーチャと学校友だち』ニコラーイ＝ノーソフ著、田中泰子訳、学習研究社(1976)／『マイクロソフト戦記――世界標準の作られ方』トム佐藤、新潮社(2009)／*From Russia with Code, Programming Migrations in Post-Soviet Times*, Mario Biagioli, Vincent Antonin Lépinay, Duke University Press Books (2019)／*Estonia, Latvia & Lithuania*, Lonely Planet Global Limited (2022)

## 謝辞

文献は右に挙げたほか、多くのウェブサイト等を参考にしています。また、エストニアという国の三つの時代を描写するにあたって、佐々木敬子様、ウルモ・カベル様に多くのご助言をいただきました。この場を借りて、感謝の意を表します。本文中の誤りは、すべて著者の私に責があるものです。

装画　金子幸代
ブックデザイン　鈴木成一デザイン室
初出　「小説トリッパー」二〇二三年夏季号

宮内悠介（みやうち・ゆうすけ）

一九七九年、東京都生まれ。少年期をニューヨークで過ごす。二〇一二年の単行本デビュー作『盤上の夜』で日本SF大賞、一三年『ヨハネスブルグの天使たち』で日本SF大賞特別賞、また同年に（池田晶子記念）わたくし、つまりNobody賞、一七年『彼女がエスパーだったころ』で吉川英治文学新人賞、『カブールの園』で三島由紀夫賞、一八年『あとは野となれ大和撫子』で星雲賞（日本長編部門）、二〇年『遠い他国でひょんと死ぬるや』で芸術選奨文部科学大臣新人賞。著書に『超動く家にて』『かくして彼女は宴で語る　明治耽美派推理帖』など多数。


ラウリ・クースクを探《さが》して


二〇二三年　八　月三十日　第一刷発行
二〇二三年十二月三十日　第二刷発行

著者　宮内悠介
発行者　宇都宮健太朗
発行所　朝日新聞出版
〒一〇四-八〇一一　東京都中央区築地五-三-二
電話　〇三-五五四一-八八三二（編集）
　　〇三-五五四〇-七七九三（販売）
印刷製本　中央精版印刷株式会社





ISBN978-4-02-251926-9
定価はカバーに表示してあります。
落丁・乱丁の場合は弊社業務部（電話〇三-五五四〇-七八〇〇）へご連絡ください。
送料弊社負担にてお取り替えいたします。